D1731023

Plinio Martini

# Requiem für Tante Domenica

Roman

Aus dem Italienischen von Trude Fein

Limmat Verlag
Zürich

Die Erzählung spielt im Val Bavona, einem hoch gelegenen Tessiner Tal. Dennoch wird man auf der Karte dort vergeblich einen Ort Aldrione suchen – es ist ein Deckname. Auch das Bergmassiv Sevinera wird man nicht auf der Karte finden. Es steht hier symbolisch für die Abgrenzung des Tessins gegen Norden.

—

In der geräumigen Küche von Tante Domenica wartete Marco inmitten der Verwandten, gleich ihm fast alle Brüder, Vettern oder Neffen väterlicherseits der Abgeschiedenen, die mit ihren Frauen oder Männern und Kindern zum Begräbnis zusammengeströmt waren, auf den Beginn der Leichenfeier. So zahlreich waren sie erschienen, dass er, der seit einigen Jahren in der Ferne lebte, ganz erstaunt war, als er sie nun alle beisammen sah, und, allerdings ohne viel Erfolg, eine Rechnung aufzustellen, die jüngeren Familienmitglieder ihrer Ähnlichkeit nach den betreffenden Eltern zuzuordnen versuchte. Wenn er bedachte, dass zu Ende des letzten Jahrhunderts der Großvater als einziger der Serazzi-Sippe im Dorf verblieben war, um den Namen der Familie lebendig zu erhalten, während alle anderen durch Unglücksfälle umgekommen oder ausgewandert waren, schien es ihm geradezu unmöglich, dass diese ganze Schar seinen patriarchalschen Lenden entsprossen sei, um zu der erschreckenden Bevölkerungszunahme der Welt das ihre beizutragen.

Männer, Frauen, Kinder drängten sich in der Küche und im Gang. Nur die Vorratskammer auf der anderen Seite blieb durch die Stille des Todes vor dem Lärm bewahrt. Dort war er kurz vorher eingetreten, um der Tante den letzten Gruß zu entbieten. Er war einen Augenblick lang neben dem schon verschlossenen Sarg gestanden, ohne dass es ihm gelang, irgendeinen Gedanken in sich zu entdecken, außer einem allgemeinen Gefühl der Traurigkeit über die verfließende Zeit, die vertraute und geliebte Erscheinungen auslöscht und andere, ebenso vergängliche entstehen lässt. Er war auch nicht imstande, ein Gebet, ein Requiem, in Worte zu fassen, wie es sicherlich die anderen, die vor ihm an der Bahre vorbeidefiliert waren, getan hatten und wie es eben jetzt auch einige Frauen taten, vermutlich entfernte Verwandte oder Kirchenfreundinnen der armen Tante, die in ihren dunklen Kleidern schweigend an der Wand standen, den Rosenkranz in den gefalteten Händen, während Perle um Perle von Daumen und Zeigefinger ertastet wurde, um dann, wenn das Avemaria zu Ende war, gleichsam von einem winzigen Automaten verschluckt, in der Hand zu verschwinden. In dem herrschenden Halbdunkel war es kaum zu merken, dass sie beim Erscheinen jeder neuen Person die Lider aufschlugen und den Blick zur Tür schweifen ließen, um ihn, sobald sie den Namen, den Verwandtschaftsgrad und den Gesundheitszustand des Eingetretenen festgestellt hatten, gleich wieder zu senken und in ihre archaische Regungslosigkeit zurückzukehren.

Doch er fühlte sich von ihnen beobachtet und somit gezwungen, seine Ehrfurchtsbezeugung vor der sterblichen Hülle auszudehnen, sich in dieser unwirklichen Stille länger ihren verstohlenen Blicken auszusetzen. Er wusste, dass die schwarzen, silberbefransten Vorhänge, die ringsum drapiert waren, alte Lärchenholzregale verdeckten; um seine Gedanken zu beschäftigen, suchte er sich zu vergegenwärtigen, wie sie an den Wänden entlangliefen, vollgestopft mit allen möglichen Töpfen und Schüsseln aus Stein und Steingut, mit Säcken und Büchsen und anderen ausgedienten Gegenständen, die hier ordentlich verwahrt wurden. Da gab es vor allem Schöpfkellen und Löffel zum Abrahmen in allen möglichen Größen und altertümlichen Formen, Becken, Kannen, Buttermodeln, konzentrisch ineinandergesteckte Rahmen für die Käseformen, Butterfässer, Molke- und Pökelfässchen aus Ahorn-, Eschen- und Eichenholz mit Maßeinteilung in präziser Einlegearbeit, alles wie es der Großvater vor vielen Jahren, nach seiner letzten Alpfahrt, mit weiß Gott welch bekümmerten Gedanken hier versorgt hatte und wie es seither treulich aufbewahrt wurde, als könnte es noch jemandem dienen – und vielleicht hatten sogar schon die Hände von Altwarenhändlern darin herumgewühlt, die es nicht erwarten konnten, in diesen Zeugnissen uralten Duldens zu stöbern und zu kramen. Jetzt hatte man diese Dinge verborgen, beinahe als wären sie des Mysteriums des Todes nicht würdig; doch sie waren mit dem ewigen Schlaf der Tante, die man gleichfalls mit geduldiger Sorgfalt in ihren Sarg gebettet hatte, inniger verbunden als die ringsum ausgespannte, fransengezierte Dekoration, die man vielleicht ursprünglich gar nicht in Aussicht genommen hatte, aber schließlich nicht umgehen konnte, aus Platzgründen und wahrscheinlich auch weil es jetzt, da der Dorftischler sich vornehm als Leichenbestattungsunternehmer etabliert hatte, eine Beleidigung gewesen wäre, ihn nicht heranzuziehen.

Der war in seiner neuen Würde gleichfalls erschienen, stolz auf die wohlgelungene Inszenierung und pünktlich in der Ausübung seiner Obliegenheiten. Er hatte sich einen schwarzen Anzug und das obligate Leichenbittergesicht, halbwegs zwischen dem Totengräber und dem Pfarrer, zugelegt, dazu einen krummen Rücken, was ihm die Verneigungen erleichterte, denn er hatte sich auch angewöhnt, seine Offerten, Ratschläge, Empfehlungen mit einer salbungsvollen, dienernden Bewegung, einem Zurückweichen des Hinterteils, zu begleiten. Eine wenig schätzenswerte Gewohnheit, die um so ungerechtfertigter erschien, als es sich bei seinen Kunden um Leute handelte, mit denen er normalerweise auf du und du stand; sie hatte ihn schon weit von seinem früheren redlichen Handwerkertum entfernt, als noch jeder Sarg von Fall zu Fall nach Maß zurechtgehobelt und zusammengenagelt wurde, und ihn zum Urbild der Nachkriegstessiner umgeformt, die in der Tür der diversen Grandhotels und Kursäle bereitstehen, um vor jedem echten oder falschen Maharadscha und jedem großen Tier aus dem Norden ihre Katzenbuckel zu vollführen. Wobei dieses Zurückweichen oder Hinausrecken des Hintern eine Reflexbewegung war, die ihren Höhepunkt fand, oder besser gesagt geadelt wurde, als der ehrenwerte Vorsteher des Innendepartements und zugleich Chef des Kantonalen Fremdenverkehrsverbandes auf seiner Propagandareise nach Hamburg, im Nationalkostüm dienernd, eine Kamelie – das Lächeln unserer Seen, wenn dort oben alles noch vor Kälte klappert – überreichte: «Kennen Sie das Land, Madame, wo die Kamelien blühen?»

Ungeachtet der feierlichen Pompe-funèbre-Dekoration strömte das Steinpflaster der Vorratskammer aus alter Gewohnheit noch immer seinen Geruch nach unserer heimatlichen Nahrung, nach Wurst, Kastanienmehl, Käse, Kartoffeln aus, den die Verwandten durch Versprengen von billigem Kölnischwasser vergeblich zu vertreiben versucht hatten. Mitten im Raum stand der nackte Fichtensarg, vier Kandelaber und ein Kruzifix, aber entsprechend dem letzten Willen der Verstorbenen ohne allen Blumenschmuck. Wohltätige Spenden hingegen ja. Auf ihrem Totenbett hatte die arme Tante wiederholt den Wunsch geäußert, man solle sich über das hinaus, was zur Wahrung der religiösen Würde unbedingt notwendig wäre, keine Kosten machen, um das belanglose Ereignis ihres Hinscheidens aus dieser Welt feierlich zu gestalten, und das so ersparte Geld den kirchlichen Hilfswerken, den Missionen und dem Pfarrer für das Lesen von Seelenmessen zukommen lassen.

Über diese ausdrücklichen letztwilligen Verfügungen und ihre Durchführung wurde er von Margherita informiert, die ihn beiseite zog und mit Beschlag belegte, sobald er nur die Vorratskammer verlassen und die von Menschen wimmelnde Küche betreten hatte; so als ob die würdevolle, saubere Armut seiner Verwandten sich schämte, nicht mehr getan zu haben, und es daher notwendig sei, ihn unter vier Augen aufzuklären. Gleichzeitig mit dieser ausführlichen Auskunft nahm er das Stimmengewirr der Anwesenden in sich auf wie einen Klang, der nicht der Gegenwart entstammte, sondern aus der Tiefe seiner Jugenderinnerungen oder noch ferneren Tagen wieder emportauchte: das Durcheinander zwitschernder Frauenstimmen, von männlichen Einzellauten kontrapunktiert, das übliche Geplauder von Leuten, die nichts Rechtes anzufangen wissen und sich die Zeit mit Reden vertreiben, über das Wetter, die Gesundheit, die Arbeit, die Kinder, alles, was bei einem solchen Anlass nicht unpassend erscheint, da ja eine Leichenfeier eine der wenigen Gelegenheiten ist, bei denen sich wieder einmal alle zusammenfinden; oder auch Erinnerungen an die Selige, was sie gesprochen, ehe sie für immer die Augen schloss, wieviel sie gelitten und wie sie, fromm wie sie war, ihr eigenes Ende vorausgesagt hatte.

Mit ihrem Gesicht, das von einer überlangen Nase bis zum schmalen Schlitz des Mundes in zwei asymmetrische Hälften geteilt war und kein Lächeln zustande brachte, war Tante Domenica nach siebzig Jahren irdischer Mühsal und endlosen, von Darmkrebs verursachten Todesqualen Montag, den 19. März 1962, am Tag des heiligen Joseph, in ein besseres Dasein eingegangen. Dies war, wenn man Margherita glauben wollte, ein bedeutsamer Umstand; weil besagtem Heiligen bei der

Aufteilung der himmlischen Hilfeleistungen just die Pflicht zugefallen ist, den Christen in ihrer Todesstunde beizustehen; und der Tod der Tante wäre auch wahrhaft erbaulich gewesen, ein Tod im Geruch der Heiligkeit, wie Don Luigi ausdrücklich erklärt hatte.

Als der Pfarrer in jener Nacht nach dem Beten des *Proficiscere* das Ritualbuch zuklappte und in achtungsvollem Schweigen dem Sichschneuzen der anwesenden Frauen lauschte, hatte er sich, durchdrungen und erleuchtet von jener Atmosphäre, die eigentlich nichts anderes ist als Duft und Licht der soeben von den Engeln in den Himmel entführten Seele – und in seiner frommen Begeisterung erkühnte er sich sogar zur Hypothese von einem vagen Echo der himmlischen Harmonien –, hatte er sich also trotz der späten Stunde offenbar nicht recht zum Schlafengehen entschließen können und war noch ein Weilchen geblieben, um weitere schöne Worte von sich zu geben. Marco suchte ihn sich vorzustellen, den dicken, frommen Mann in Chorhemd und Stola zu Füßen des Bettes, vor dem weißen Hintergrund der Leintücher, aus denen die große tote Nase gleich einer einsamen Felszacke geradewegs zum Himmel aufragte, wie er die bereits Getrösteten zu trösten fortfuhr: die weit geöffnete Hand mit drei ausgestreckten Fingern in einer schützenden Gebärde erhoben, Daumen und Zeigefinger jedoch schulmeisterlich aneinandergelegt, genau wie die frommen Seelen es nach der geheiligten Ikonografie der Kirchenlehrer von ihm erwarteten; jetzt da er seine Pflicht erfüllt und der Sterbenden beigestanden hatte, ließ er sich gern zu einem Glas Wein in ihrer bescheidenen Gesellschaft herab.

«Das *ist* einmal ein braver, einfacher Herr», erklärte Margherita, wobei in ihrer Bemerkung ein unausgesprochener Tadel seines Vorgängers lag. «Don Carlo, der hat unsere Stühle nie mit seinem Hintern beehrt, außer vielleicht in den allerletzten Jahren am Karsamstag, wo er schon alt war und die Leute im Dorf sich doch so vermehrt haben, dass ihm der Einsegnungsrundgang zu einer wahren Via crucis wurde; aber gerade nur zwei Minuten lang und bloß so am Rand, um seiner Würde nichts zu vergeben, als ob es ihn vor unseren Sachen grauste.» Sie schlug sich erschrocken auf den Mund, weil ihr eine Bosheit über einen verstorbenen Geistlichen herausgerutscht war, und entschuldigte sich gleich: «Friede seiner Seele! Aber Don Luigi, der hat sich nicht rasch davongemacht, sondern von diesem und jenem geplaudert und dann die Rede auf die arme Tante gebracht: eine Heilige, die die christlichen Tugenden bis zum Heldentum praktiziert hätte – genau so hat er gesagt. Und Sankt Joseph hätte sie belohnt. Das ist aber wirklich wahr, denn noch Sonntagabend hat die arme Tante gesagt, morgen würde sie sterben. ‹Diese Gnade ist mir der heilige Joseph schuldig›, hat sie gesagt, ‹dass er mich an seinem Namenstag sterben lässt.› Und gegen ein Uhr nachts ist sie dann wirklich gestorben.»

Hier musste sie innehalten, um wieder zu Atem zu kommen, ein bisschen keuchend, aber hochbefriedigt, weil jetzt fast alle verstummt waren, um ihrer Rede zu lauschen. Marco benützte die Gelegenheit und trat einen Schritt zurück, um der unmittelbaren Auswirkung dieses apologetischen Eifers, nämlich dem feinen Sprühregen, zu entgehen, den die gute Frau, die ihre Rede vor allem an ihn richtete, ihm ins Gesicht hauchte.

«Schmerzen hatte sie keine mehr. Wir wussten schon, das war die Besserung knapp vor dem Tod, und sie beklagte sich beinah, dass es ihr besser ginge, denn wenn man ihr glauben wollte, hätte sie ein sündhaftes Leben geführt. Wie oft wäre sie schwach und feige gewesen, so hat sie gesagt, und das Paradies müsste man sich verdienen. Und sie müsste auch für die anderen leiden, für die arme Angela, die ohne das heilige Sakrament sterben musste, für die Großeltern, die Neffen. Wisst ihr, sie hat sich an euch alle erinnert, auch an dich, Marco, sie hat immer gefragt, in welches Land es dich jetzt verschlagen hätte. Dann hat sie den Kopf geschüttelt und geseufzt. Ach, du hast sie manchen Seufzer gekostet! Du warst ja ihr Patenkind, und sie hat solche Pflichten ernstgenommen. Wer weiß, was sie von deinem Beruf gedacht hat, der dich von einer Stadt in die andere treibt, denn, hat sie gesagt, um sein Seelenheil einzubüßen, ist schon das Valbavona groß genug. Und dann glaube ich, was sie sich nie verziehen hat, war damals dein ... Also deine Geschichte in Aldrione, weißt du noch? Nichts für ungut, jetzt ist ja alles längst vorbei. Und was mich betrifft ...» Sie zuckte konziliant die Schultern, eine plumpe, bäurische Gebärde, als bildeten Kopf und Rumpf einen einzigen Block. «Ich meine, damals, wie die Giovanna bei der armen Leonilde zu Besuch war. Und die arme Tante hat immer behauptet, sie allein wäre schuld daran ... Na ja. Aber du kannst dir nicht vorstellen, wieviel sie für die Giovanna gebetet hat, ein so wohlerzogenes Mädel und richtig angeleitet, hat sie gesagt, bei ihrer Intelligenz hätte sie sogar Klosterschwester werden können. Und was passiert? Sie brennt aus dem Pensionat durch, brennt von zu Hause durch, heiratet, lässt sich wieder scheiden! Und dann streunt auch sie in der Welt herum, genau wie du, alle beide wie der Ewige Jude ... Heutzutage haben die Menschen keinen festen Boden mehr unter den Füßen, hat sie immer gesagt, aber auf dem Kirchhof werden sie ihn wiederfinden. Das war ja ihr ein und alles: Tod, Gericht, Hölle, Paradies. Als ob man nur lebte, um zu sterben ...»

«Lebend zahlt man den Tod ab.»*

Die Verszeile, die Marco in den Sinn kam, schien ihm das gleiche zu bedeuten. In Tante Domenicas Sicht war der Tod wohl ein bereits verfallener Wechsel, den der Inhaber mit dem Anspruch des Wucherers jederzeit ohne Kündigungsfrist präsentieren kann: hier die geliehene Summe, hier die fälligen Zinsen. Tante Domenica hatte nur gelebt, um ihren Wechsel abzuzahlen, sie hatte mit eiserner Willenskraft jede Freiheit, die wenigen Freuden, die das Leben bietet, von sich gewiesen, denn das Leben war seinem Ursprung nach ein Übel, von dem es

*Aus «Il porto sepolto» von Giuseppe Ungaretti.

sich um diesen Preis loszukaufen galt. Das war kein Wahnsinn; es war die Ablehnung jeder Mittelmäßigkeit im Hinblick auf die Werte, die sie anerkannte und in deren Rahmen es wenigstens keine zermürbende Angst und Verzweiflung gab. Zumindest diesen Vorzug hatte Tante Domenica gehabt ...

«... Und als sie schließlich für alle gebetet hatte, Lebende und Tote, da hat sie sich noch an einen Holländer erinnert und auch für ihn ein Vaterunser, Ave und Gloria gesprochen ... Ach, das muss ich dir aber erzählen! Voriges Jahr, als sie schon sehr krank war, ist sie in Aldrione doch noch einmal ausgegangen, um in der Kapelle des heiligen Joseph zu beten; nicht etwa dass er sie von ihren Qualen befreie, sondern dass er ihr die Kraft gäbe, sie zu ertragen. Und in der Kirche stand das Allerheiligste, Don Luigi hatte es, glaub ich, eigens für sie ausgestellt. Sie legt also die Hand auf die Klinke, schon ganz in Andacht versunken. Ich war mit Corinna draußen auf dem Platz, wir konnten alles genau sehen. Sie hat also die Hand schon auf der Klinke, da geht die Tür von selbst auf, und sie steht gerade vor einem Holländer, der nur so aus Neugier hineingegangen war, um zu gaffen. Aber in was für einem Aufzug die Leute heutzutage eine Kirche betreten können! Der Kerl war nackt und blank wie eins von unseren schönsten Ferkeln, über und über rosig bis auf die Badehose, Slip, wie sie das nennen, aber nicht viel mehr als ein Band, grad dass er sein Zeugs da nicht verliert ...» Sie schlug sich wieder auf den Mund. «Na, ja. Dazu hatte er zwei Brüste, beinahe wie ein Weibsbild, der Dickwanst ...» – sie griff sich an ihren eigenen üppigen Busen – «... und einen riesigen Bauchnabel. Die arme Tante, die eine Stufe unter ihm stand und von ihrem Leiden schon ganz krumm war, wäre mit der Nase fast hineingerannt. Was das für ein Schock für sie gewesen sein muss! Was hat sie nicht unseren jungen Müttern alles hineingesagt, weil sie den Buben Hosen anziehen, die nur bis zum Knie reichen! Erinnerst du dich, Marco, was für Gesichter sie und Leonilde damals wegen Giovannas Kleid gemacht haben? Ach Gott, die arme Tante! Und der arme Don Carlo, Friede seiner Seele, der ihr solche Ideen in den Kopf gesetzt hat ... Allen hat er sie in den Kopf gesetzt, und ihr natürlich besonders ... Also an diesen Holländer hat die arme Tante sich auf ihrem Totenbett erinnert und für ihn gebetet, der Herr möge ihm die Gotteslästerung verzeihen und seine Seele erretten.

Sie war so auf jede Stunde zum Beten versessen, dass wir ihr kein Morphium geben durften. Wir haben auch keinen Platz mehr für die Einspritzung gefunden. Ihr Hinterteil hat mich an das Stuckwerk im Beinhaus erinnert. Zwei Schenkel wie Zündhölzer, die Haut ganz welk und wie ein Sieb durchlöchert, man musste immer eine Handvoll zusammenraffen. Die ganze Tante hat vielleicht noch dreißig Kilo gewogen. Sie ist praktisch verhungert. Wir haben sie mit Infusionen am Leben erhalten, mit ein bisschen Wasser ... Und der ganze Körper ein einziger Schmerz.» Sie fuhr sich, durch ihre eigenen Worte ehrlich gerührt, mit dem Handrücken über die

Augen. «Ach ja, das Gebet um einen heldenhaften Tod, das von *Don Cafasso,** hat seine Wirkung auf sie gehabt, man weiß gar nicht wie.»

Margherita, die im Obergeschoss wohnte – mit ihrem Mann und zwei Söhnen, von denen der ältere seit ein paar Tagen zur Würde und Vornehmheit eines Verkehrspolizisten aufgestiegen war, und wie viel hatte er doch studieren müssen, der Ärmste, um zu Glanz und Pracht der Uniform zu gelangen! –, Margherita erlebte jetzt, in ihrer Eigenschaft als Hausherrin, Nichte und Krankenwärterin, die die Tante gepflegt hatte, die Stunde ihres bescheidenen persönlichen Ruhms. Noch während ihrer Rede griff sie nach der großen strohumflochtenen Flasche und begann Wein einzuschenken, etwa ein Dutzend Gläser voll. Dabei erklärte sie Marco, St. Joseph wäre ihr, der Tante, eigentlicher Heiliger gewesen, nicht nur als Schutzpatron des guten Todes, sondern auch, weil ihm die Kirche von Aldrione geweiht war.

«Und heuer wäre sie *canepara*** geworden, sie war an der Reihe! Jetzt wo sie tot ist, wird es wohl mich treffen, aber wir anderen haben nicht die Poesie, die sie daran gewendet hat. Jeden Tag fegen und frische Blumen in die Vasen und die vier Kandelaber auf Glanz polieren ...»

* *Don Cafasso,* der Nachfolger von San Giovanni Bosco, Verfasser eines Gebets, in dem der Gläubige sich bereit erklärt, auch den furchtbarsten Tod freudig hinzunehmen, um seine Seele zu retten.

** *caneparo:* Etwas ähnliches wie Sakristan oder Mesner, doch mit größerer Verantwortlichkeit verbunden. Der Reihe nach fällt jedem Mitglied der Pfarrgemeinde das Amt zu, die Kirche in Ordnung zu halten.

Sie war mit dem Ausschenken fertig. «So, das ist für den Anfang, aber wenn jemand mehr möchte, es ist für alle genug da, Wein und Gläser!» schloss sie, während sie die Flaschenöffnung mit der flachen Hand abwischte und die Flasche verkorkte und auf den Tisch zurückstellte. Marco sah zu, wie sie das Tablett mit den Gläsern aufnahm und sich vorsichtig, um nichts zu verschütten, damit umwandte; rotbackig und vierschrötig, wie sie war, schien es, als trüge sie die *gerla** vor sich her, wie sie es alle Tage tun musste, wenn sie das Heu aus dem Schober in den Stall schleppte.

«Los, greift zu, ein Gläschen erwärmt den Magen! Die Toten sind tot, die Lebenden müssen weitermachen. Und wenn man bedenkt, was sie in den letzten Wochen ausgestanden hat, muss man wahrhaftig Gott danken, dass es zu Ende ist. Ehrlich gesagt, aus Gesellschaft hat sie sich ja zeitlebens nicht viel gemacht, auch wie sie noch gesund war, mit ihrer Leichenbittermiene. Wenn sie einmal stehen blieb, um zu schwatzen, hat sie sich nur erkundigt, ob die jungen Leute noch brav zur Messe und zu den Sakramenten gehen. Wenn's nach ihr gegangen wäre, hätten sie, so lang das Jahr ist, tagtäglich in der Kirche sitzen sollen.» Sie war, das Tablett balancierend, stehen geblieben und wandte den Kopf, um nach ihrer Schwester Beatrice Ausschau zu halten. «Den Frauen geben wir dann vom Marsala. Schau doch ein-

* Hoher, nach unten zu schmäler werdender Tragkorb, den man auf den Rücken schnallt.

mal nach, im Küchenschrank steht noch eine Flasche Marsala mit den Gläschen dazu.»

Ihre Rede löste sich in Marcos Geist in eine Folge von Tönen auf, die schließlich zu einem undeutlichen Geräusch zusammenflossen, wie das Rauschen des Flusses, der endlos durch die Zeit strömt. Geschwätz und mitten darin wie ein stechender Schmerz der Name Giovanna. Er suchte der Erinnerung auszuweichen, indem er dem Tonfall der Worte lauschte, weil er darin etwas gleichzeitig Uraltes und Gegenwärtiges wiederfand, ein Gefühl, wie es vielleicht ein Neugeborenes empfindet, wenn man es in den Armen wiegt, oder ein Halbwüchsiger, der über der Unterhaltung der Erwachsenen einschläft. So, dachte er, lernt das Küchlein in den allerersten Lebensstunden die Rufe der Glucke, die Nahrung oder Gefahr oder Sicherheit verheißen, von allen anderen Lauten unterscheiden; ersetzt man indessen die Glucke durch ein bewegliches Mikrofon und das liebevolle Ko-ko-ko durch ein telefonisches Tü-tü-tü, dann wird das Küchlein in seinen ersten Stunden eben diesen Ruf erkennen lernen und ihm folgen, bis es zum selbständigen Huhn herangewachsen ist. Vielleicht sind wir nicht viel anders als die Hühner.

Dieser eigentümliche Tonfall, diese besondere Sprachmelodie, die er mit zärtlicher Rührung wiedererkannte, war gekennzeichnet durch das ständige Aufeinanderfolgen von gedehnten Vokalen, aa, ii, üü, oder Doppel- und Dreierlauten, wie éu, ìa, iéu, iöö, die sich zu fünffachen Selbstlauten vereinen konnten, zum Beispiel im

Ausruf «Ma quaiéu!», was ungefähr «Das werden wir noch sehen!» bedeutet. Ferner gab es einen gewaltigen Aufwand von sch anstelle von s, so dass aus dem italienischen «si» ein lang gezogenes, singendes, oft wiederholtes «schii» wurde. Diese Lautgebilde entstanden aus Wurzeln und Suffixen, die in der Geografie der norditalienischen Dialekte genugsam bekannt waren, hier aber in ganz merkwürdiger Weise aus verschiedenen Quellen durcheinanderflossen und sich verquickten, so dass der Dialekt der Gegend ein besonderes Studium erforderte, zur Qual und zum Entzücken der Philologen. Worte, die er ständig gebraucht hatte, klangen ihm jetzt, da er sie aus dem Gespräch der anderen im Fluge auffing, plötzlich ganz fremd. Er dachte, wenn ein Einwohner von Como oder von Mailand, was doch, wie alles auf dieser Seite des Sevinera, noch unter dem Himmel Manzonis liegt, unversehens in diese Versammlung geraten wäre, hätte er von zehn Worten kaum drei verstanden.

Und die Ortsnamen, dachte er inmitten der durcheinanderschweifenden Gespräche weiter: *Bedu* von «Boden», *Vald* von «Wald», *Driom* von «dragone», «Drachen», mit der Verkleinerung *Driurscel,* wie man einen kleinen Wasserfall, der oberhalb von Aldrione die schwarze Felswand mit zitternden weißen Streifen durchzog, fantasievoll getauft hatte. Ganarint, Valgioi, Calnegia ... Die unzähligen Namen, die man nicht nur den einsamen Berghöfen und Alphütten, den Waldlichtungen und Rinnsalen verlieh, sondern sogar bestimmten Wegbiegungen, wo man stehen bleibt, um Atem zu holen, den größeren Felsblöcken, den Kellern, die man in den Fels gehöhlt hat, den Feldern und Wiesenflecken eines kleinen Völkchens, fünfhundert Seelen, die seit Jahrhunderten auf einer Oberfläche von mindestens hundert Quadratkilometern, zwischen Acker- und Weideland, Wäldern, Geröllhalden, Schluchten, Felswänden und Gletschern mühsam ihr Leben fristeten. Jetzt hatten die Jungen die *gerla* und den Rechen weggeworfen, um in den Beola-Gruben Steine zu brechen und in den Kraftwerken, die man im Innern der Berge angelegt hatte, die Getriebe zu schmieren und den Fußboden zu putzen. Anstatt auf den Wiesen ihrer Kindheit fuchtelten die einstigen Ziegenhirten auf städtischen Straßenkreuzungen, im Gestank von unterirdischen Express-Gaststätten und im Lärm des Stoßzeitverkehrs mit den Armen herum. Oder sie füllten Kontoauszüge und Wechselformulare für andere Leute aus, feilten synthetische Steine, Zäpfchen und Rädchen für die Uhrenindustrie – ein Stück nach dem anderen, immer das gleiche –, wurden über dem winzigen Kleinkram einer nutzlosen Mechanisierung krummrückig und schwachsichtig ... Und wieviel Schmerz, wieviel Liebe trug man in den Fichtensärgen der Alten zu Grabe!

Die Alten, die wurden nach langem Psalmodieren dem Friedhof übergeben, um dort von Stunde zu Stunde auf den Glockenschlag des Campanile zu harren; und wie langsam die Stunden, eine nach der anderen, sich rundeten und herabsanken, schwere Schalltropfen, die ringsum die Erde erbeben ließen. Es war, als hätten die Alten, bevor sie zu diesem zeitlosen Schlaf gelangten, zu diesem flehentlich ersehnten Frieden – der darin besteht, dass man sich des erlittenen Leids nicht erinnert und kein neues mehr fürchtet –, es war, als hätten sie mitnichten bis zur Grenze der menschlichen Tragfähigkeit geschuftet und gelitten, um ein bisschen Habe für die Söhne zusammenzuscharren, gerade nur so viel, dass sie nicht auswandern müssten, du lieber Gott, wie es so vielen von ihnen auferlegt worden war, sondern als hätten sie die ganzen Jahre lang nichts getan als Karten gespielt, zum Beispiel Tressette (wie sie es in Wirklichkeit ganz selten einmal im Gasthaus von Milio taten) oder Canasta wie die feinen Herren in der Stadt, die ihre Nutzlosigkeit sorgfältig nach Punkten notieren, oder gar Flipper ... Ja, stellt euch unsere von schweren Lasten verkrüppelten, gichtbrüchigen Alten in so einem Spielsalon vor, wie sie schief und krumm, in elenden Kleidern, nach Schweiß und Dünger stinkend, an den Hebeln und Knöpfen der Spielautomaten hangen und auf die Nummern starren, die unter elektronischem Paukengetöse auftauchen und dann in einer ebenso geräuschvollen, magnetisch ausgelösten Katastrophe wieder zu Null, Null, Null werden, zum Nichts der nichtig verlorenen Zeit! – Und während das Gras auf den Grabhügeln im Wind verdorrte, während ihre Leiber zu Erde wurden, zu Humus, der um nichts wertvoller war als die Walderde, die aus verwesendem Laub entsteht, verfielen die Sennhütten und Stallungen, die sie in den Bergen, auf den Matten, am Rand der Felsabstürze, bis auf wenige Schritte vom Gleißen des Gletschers entfernt, wo immer es möglich und notwendig war, errichtet hatten, zu Trümmerhaufen; die mühsam gebahnten Pfade wurden von Erdrutschen und Lawinen zerstört oder von Gestrüpp überwuchert. Der Wald machte sich hartnäckig an die Wiedereroberung des verlorenen Terrains, der Wiesen und Weiden, die man ihm unter ständigen Kämpfen, mit unendlicher Plage und Geduld abgerungen hatte. Dazu kamen noch die von Generation zu Generation weitergegebenen Streitigkeiten um ein Stückchen Weiderecht, ein handgroßes Fleckchen Erde – was nur zeigt, wie wichtig jedes Fleckchen Erde ist, sofern man überleben will. Wenn sie gewusst hätten ...

Die Stimme Margheritas und der Weingeruch rissen ihn aus diesen bitteren Gedanken, die schon zu Hass gegen die Kurzsichtigkeit der *Onorevoli* wurden, jener Ratsherren und Volksvertreter, die nichts vorausgesehen, nichts vorgesorgt hatten, die sich des Tals – des Tals, dessen Bewohner sie mit geradezu religiöser Gläubigkeit gewählt hatten – erst erinnerten, als sich die Möglichkeit ergab, daraus Nutzen zu ziehen, für sich selber und für ihresgleichen jenseits des Sevinera, indem sie sein Wasser verkauften; oder auch kauften, wenn man so will, denn die Vertreter des Volks, also des Lieferanten, und jene der Hauptstadt, also des Käufers, waren dieselben ehrenwerten Persönlichkeiten; indem sie also das ganze Wasser zwecks Errichtung von Staudämmen und Kraftwerken verkauften, und zwar billig, damit der Gewinn größer wäre, und die jetzt, vielleicht machtlos, aber ganz sicher untätig, dem Zerbröckeln der uralten Hirtenkultur zusahen: eine unwiederbringlich verlorene Welt, auch für die Traurigkeit des Arbeiters, der, wenn er abends aus der Fabrik kommt und den schmerzenden Rücken reckt, um zu den Wolken aufzuschauen, nach dem Grün einer Bergwiese seufzt, auch wenn er es selber nicht weiß.

«Bist du am Ende Abstinenzler geworden, seit du dich in der Welt herumtreibst?»

Nein, er war nicht Abstinenzler, aber dieser Rotwein auf nüchternen Magen lockte ihn nicht. Nein danke, auch keinen Marsala. Vielleicht nach dem Begräbnis ...

Doch der Geruch, der vage einem anderen glich, jenem Duft, der sich in den Weindörfern ausbreitet, wenn die Trauben in ihren Bottichen zu gären beginnen, trug ihn bereits zu anderen Erinnerungen zurück, in die Zeit, da sie ihn als sechsjährigen Buben zu den Totenwachen mitschleppten.

Bis der Tischler den Sarg fertig zusammengenagelt hatte, ruhte die sterbliche Hülle des Verblichenen, mit einem Leintuch bedeckt, auf der Gemeindebahre, mitten in einem Zimmer, aus dem man alle Möbel ausgeräumt hatte, damit die Verwandten, Bekannten und Nachbarn ringsum Platz fänden. Die Erwachsenen saßen auf ausgeliehenen, an den Wänden aufgereihten Stühlen, unter den Familienfotos und Erinnerungen an die erste Kommunion, die Kinder hockten, ein paar Spannen von dem Toten entfernt, auf Schemeln. Es war heiß in der mit

Menschen vollgestopften engen Stube und die Luft stickig von all den Gerüchen, die die Bauern aus Stall und Feld mit heimbringen. Der Raum reichte nicht aus für die vielen Leute, die jeweils zusammenströmten und auch die Gänge und Treppen füllten, Frauen vor allem, die sich vielleicht ein Kissen von daheim mitbrachten, zum Unterlegen, wenn sie sich auf der Treppe, in irgendeinem Winkelchen zusammenkauerten; und der kleine Marco, der beim Eintritt in die Stube vergebens gefleht hatte, ihn draußen, fern von der Leiche zu lassen, beneidete sie.

Die Totenwache begann mit dem Abbeten des Rosenkranzes und der Litaneien zu Ehren der Muttergottes. Dann kamen die Totengebete, die drei *notturni,* dazwischen Abschnitte aus dem Buch Hiob. An diesem Punkt bekam man ein Glas Wein eingeschenkt, wie es heute auch Margherita tat. Damals war das eine kompliziertere Operation, teils wegen der Schwierigkeiten, sich zwischen all den Stühlen, Schemeln und menschlichen Beinen hindurchzuwinden, teils weil man zu wenig Gläser hatte. Diese Unterbrechung, die den Erwachsenen willkommen sein musste und die vielleicht der Grund war, warum (wie der Statistiker und Soziologe Franscini bemerkt) kein einziger junger Bursche eine Totenwache versäumte, bildete für Marco nur eine Verlängerung seiner Qual. Er war froh, wenn es wieder weiterging, mit den Laudes, dem Dies Irae, dem Stabat Mater und anderen Gesängen, Hymnen und Klageliedern, die der menschliche Schmerz zu seiner eigenen

Darstellung geschaffen hat. So wurde es langsam Mitternacht, zu welcher Stunde das ganze Dorf inmitten der reglos aufragenden Felsen längst in tiefem Schlaf hätte liegen müssen, wäre nicht das einzige beleuchtete Haus gewesen, aus dem es wie Bienengesumm in die dunkle Nacht hinaus drang.

Die traurigen Gesänge und das Kirchenlatein, das ihm irgendwie drohend zu klingen schien, erfüllten ihn mit Angst, die durch die Nähe des starren Leichnams unter dem Leintuch noch erhöht wurde. Jeder Neueintretende näherte sich vorsichtig, um nicht auf die Kinder zu treten, hob das Tuch auf und entblößte das Gesicht mit den geschlossenen Augen und Lippen. Ihn dünkte, sie müssten sich gleich wieder öffnen. Er gab sich Mühe, nicht hinzuschauen, gar nicht daran zu denken, seine Aufmerksamkeit zum Beispiel auf die Nägel und Astknoten in den Dielenbrettern zu richten, war jedoch nicht imstande, diese stumme Gegenwart zu vergessen. Die Nägel, mit denen die Bretter befestigt waren, die mussten doch in den darunterliegenden Balken eindringen, der dieses ganze Gedränge zu stützen hatte – und vielleicht würde er im nächsten Augenblick einbrechen, den Toten mitsamt den Lebenden in die Tiefe reißen, ihn, Marco, eng an den ekelhaften Leichnam gepresst ... Grauenhafte Tote schwebten über ihm und stürzten sich aus gewaltiger Höhe herab, gerade auf seinen Kopf, während er verzweifelt die schwachen Kinderhände aufhob, um den Anprall abzuwehren, die fürchterlichen Augen, den heulend aufgerissenen Mund ...

Seine Mutter rüttelte ihn wach. Sie trug ihn in die Küche und gab ihm Kamillentee zu trinken, sie hüllte ihn in Liebe und Zärtlichkeit ein. – Aber zur nächsten Leichenfeier nahm man ihn unweigerlich wieder mit, zu einer neuen Nachtwache, zu neuen Albträumen, weil er sich ja daran gewöhnen musste, nicht wahr? Und auch weil das Gebet der unschuldigen Kinder und die Qualen, die sie stumm erdulden, Gott besonders wohlgefällig sind ... *Den Göttern,* dachte er jetzt, da er diese Tradition mit viel älteren Leiden verknüpfte.

Später, als Student und als junger Lehrer, der noch an die Gemeinschaft der Heiligen und an die Notwendigkeit von Gebeten und Seelenmessen am dritten, siebenten und dreißigsten Tag nach dem Ableben glaubte (die je nach dem Grad ihrer Feierlichkeit zu verschiedenen Tarifen bezahlt wurden), hatte er den Totenkult noch immer als Qual empfunden, etwas, was ihn verstörte, ihm beinahe Angst machte. Die endlosen Liturgien, die düsteren Draperien, Kruzifixe und Fahnen, die gekreuzten Totenbeine und Totenschädel, die Katafalke, diese ganze überladene schwarzgoldene oder schwarzsilberne Theaterdekoration wurde den Gläubigen täglich vom Morgen-Ave bis zum Abend-Ave (das ja auch wirklich Toten-Ave genannt wird) vorgeführt, nicht so sehr um die traurige Erinnerung an den Verblichenen zu ehren, als vielmehr um durch die unaufhörliche Wiederholung, gleichsam ein ständiges Tröpfeln, Todesfurcht und Todesgedanken wachzuhalten. Der Tod war der Übergang von der Barmherzigkeit zur Gerechtigkeit, der Sprung ins Dunkel einer Ewigkeit, die sich, *os leonis,* wie der Rachen des Löwen auftut beim Erscheinen des *Rex tremendae maiestatis,* des ehrfurchtgebietenden Königs, am Tage *calamitatis et miseriae,* da Heulen und Zähneklappern herrscht. Jetzt da die sterbliche Hülle Tante Domenicas zwischen vier Kandelabern in der Vorratskammer lag, erstanden vor seinem inneren Auge wieder die furchterregenden Bilder, das Produkt von mystischem Wahn, ständiger Unterdrückung und uralter menschlicher Angst aus verschiedenartigen, gegensätzlichen Jahrhunderten. «Bedenke, dass von diesem einen Augenblick dein ewiges Heil oder deine ewige Verdammnis abhängt. An der Pforte des Todes, wenn der Mund auf ewig verstummt, welche Dinge werden sich beim Licht dieser Kerze offenbaren?» Ach Gott, welche Dinge! Er suchte sich zu erinnern: Flüche, unkeusche Handlungen, Messen, die man versäumt, Ärgernisse, die man erregt hat ... «Das alles wirst du in dem Augenblick sehen, in dem sich vor dir die Ewigkeit erschließt: *momentum a quo pendet aeternitas.*» – An dieser Stelle pflegte Tante Domenica die lange Nase von dem Giovane Provveduto, dem Buch, das der heilige Giovanni Bosco über die geistlichen Pflichten und Glaubensexerzitien der christlichen Jugend verfasst hat, zu erheben und zu bemerken: «Das steht auf lateinisch da!» Und es folgte eine Respektpause zu Ehren der magischen Sprache, die in ihrer Vorstellung die Sprache Jesu und seiner Apostel, sozusagen die offizielle Sprache im Jenseits gewesen sein musste.

Wenn es in Aldrione regnete, so dass die großen Leute nicht ihren Abendschwatz vor der Kirche abhalten und die Jungen nicht in die umliegenden Dörfer ausschwärmen konnten, pflegte Tante Domenica in diesem oder einem anderen Andachtsbuch zu lesen, wie etwa *La Giovane Cristiana,* die Biblische Geschichte, die «Nachfolge Christi» oder auch Geschichtlein aus verschiedenen Kirchenblättchen, die sie sorgfältig aufbewahrte, um damit ihre fromme Bibliothek auf dem Fensterbrett des einzigen Küchenfensters zu ergänzen. Der Großvater schweigend im Kaminwinkel, Tante Maria, die ihm gegenüber schnarchte, und er, Marco, halb schlafend auf einem Schemel zu Füßen der Vorleserin. Beleuchtet wurde das häusliche Bild durch den Feuerschein und das Licht einer Petroleumlampe, die dank einer ingeniösen, von Großvaters geduldigen Händen zusammengebastelten Vorrichtung auf verschiedene Höhe eingestellt werden konnte.

Nun dachte Marco nicht mehr an die anderen mitsamt ihrem Geschwätz, das keinen anderen Zweck hatte, als die Zeit zu füllen, bis der Geistliche käme und die Tote hinweggetragen würde; er versenkte sich in die Erinnerung an den traulichen Familienkreis vor dem Feuer, einem der zwanzig Feuer, die im nächtlichen Dunkel von Aldrione brannten. Zwanzig beleuchtete Fensterrechtecke unter dem ungeheuren Schatten des Sevinera, der im Norden in deutsch-schweizerisches Gebiet hineinragt, weshalb er auf Deutsch auch Sawinerhorn heißt, mit seinem gewaltigen Eisfirn auf dem nach

Südosten gewandten Rücken. Und diese mächtige Eisfläche, so überlegte er jetzt, verdiente wirklich einen deutschen Namen, denn von den Bewohnern des Valmaggia, die ihr Leben ständig auf ihren eigenen Felswegen riskieren mussten, hätte vermutlich kein einziger je die Traversierung unternommen, um den Gipfel zu erreichen, der noch vier Stunden von der letzten Alphütte entfernt ist. Angesichts der Tatsache, dass es dort oben weder einen Grashalm noch eine Gemse geben konnte, wäre das Erklimmen des schlüpfrigen Steilhangs reine Kraftverschwendung gewesen.

Indessen kamen die Engländer und die Deutschen vom Norden her, über den Pecoraro-Pass, eine Teufelsfurke, die vom Valbavona durch eine verschneite, stürmische Schlucht zu erreichen ist. Diesen Pass hatten in früheren Zeiten die Leute aus dem Valmaggia benützt, um das Vieh im Spätherbst auf die Märkte jenseits der Alpen zu treiben, und noch heute lebte die Erinnerung an die jäh und unerwartet einfallenden Schneestürme fort, die Hirt und Herde begruben oder sie zurücktrieben, so dass sie zu Tode erschöpft nach Aldrione heimkehrten, wie durch ein Wunder. Als Kind hatte er schaudernd diesen Geschichten und der Beschreibung des Gletschers gelauscht: Da gab es von Schnee verhüllte Spalten, Todesfallen für die Tollkühnen, die sich hinaufwagten, ohne gehörig angeseilt zu sein, wie Salametti an ihrer Schnur, und er fragte sich, ob nicht der letzte, falls er ausglitt, alle anderen mit hinabreißen könnte, unaufhaltsam tiefer und tiefer, bis in den tiefsten Abgrund.

Dann gab es auch die Fremden, die von Süden her kamen, mit dem Valmaggia-Bähnlein von Locarno bis Cavergno fuhren und von dort zu Fuß das Valbavona hinaufwanderten; was dabei zählte, war der Umstand, dass sie begonnen hatten, den einheimischen Trägern hohen Lohn für ihre Dienste anzubieten, unglaubliche Summen, so dass man fast glauben musste, sie wären nicht ganz richtig im Kopf und hätten keine Ahnung vom Wert des Geldes. Um dieses Geldes willen hatte die nordische Manie, unnützerweise die höchsten Gipfel zu erklimmen, sich allmählich auch unter den Tessinern verbreitet.

Abgesehen von diesen seltenen Begegnungen hatten in seiner Kindheit die Leute im Valbavona das Gefühl, einsam und verlassen an einem Endpunkt zu leben, wohin nur sehr wenige gelangten und über den hinaus es nicht weiterging. Die großen Ereignisse fanden anderswo statt, auf einem anderen Planeten, Welt geheißen, voll von anderen Gefahren, wohin es jedoch viele der Unsrigen verschlagen hatte. Dort gab es Fürsten, Schauspielerinnen, Diktatoren und den schneeweißen Papst auf einem Balkon, dort wurden Kriege geführt. Hier aber war man im Valbavona, das in Cavergno begann und am Sevinera endete, ganz umschlossen von unübersteigbaren Berggraten, eisigen Messerklingen, wildgezackten Sägeblättern, über denen die Stürme brausen.

Doch der liebe Gott ist überall, am Rand der Felsüberhänge wie im tückischen Abgrund der Schluchten;

seine Engel begleiten die Schritte des Ziegenhirten, der sich rettungslos im Nebel verirrt hat, und stehen dem Abgestürzten in seiner einsamen Todesqual bei. *A subitanea et improvisa morte libera nos, Domine.* Die Leute im Valbavona hatten zwecks Beschwörung des Himmels überall an ihren Bergpfaden schmucklose Kapellen errichtet, der Muttergottes, den Schutzengeln, dem heiligen Antonius zu Ehren, Kreuze und Bildstöcke von den untersten Vorbergen bis zu den höchsten Alphütten hinauf, und es war Brauch, um nicht zu sagen Pflicht, jedesmal wenn man an einem vorbei kam, das Avemaria zu beten. Für die Bergbewohner gab es keine Hoffnung außerhalb ihres Glaubens, den sie arglos hinnahmen und eifersüchtig hüteten, mit der väterlichen Hilfe der Pfarrer, die wie überall in der Welt in dieser ehrfurchtsvollen Erwartung des Jenseits die Quelle ihres Lebensunterhalts fanden.

So wurde an Regentagen die Zeit nach dem Rosenkranz für Tante Domenica und wohl auch für andere fromme Frauen zur Stunde der Meditation und nicht des Gebets, denn das hatte die kleine Gemeinde bereits in der Kirche dargebracht und mit dem *Angelus* und dem *De Profundis* abgeschlossen. Sie las also unter der Lampe die sorgfältig redigierten Geschichten von Abraham und von Joseph in Ägypten oder auch Betrachtungen über den besten Weg, ein tugendsamer Jüngling zu werden, und über die wirksamsten Mittel gegen die Listen des Bösen sowie zur Bewahrung der Tugend, auch wie man sich vor Müßiggang und schlechter Gesellschaft hüten solle, alles in der gehobenen Sprache der geistlichen Verfasser, die sie zu Nutz und Frommen des zu ihren Füßen hockenden Zöglings mit schulmeisterlichem Fleiß skandierte: «Das erste, was die Verdammten in der Hölle zu erleiden haben ...» (Diese Stelle wusste Marco noch auswendig.) «... ist die Bestrafung der Sinne. Diese werden durch furchtbar brennende Feuerflammen gemartert, die niemals kleiner werden. Feuer in den Augen, Feuer im Munde, Feuer überall. Jeder Sinn erduldet seine eigene Qual. Die Augen werden vom Rauch des Höllenschlundes getrübt, durch den Anblick der Teufel und der anderen Verdammten entsetzt. Die Ohren vernehmen Tag und Nacht nichts als Geheul, Wehklagen und Verwünschungen ... Der Mund wird von brennendem Durst und wölfischem Hunger geplagt. *Et famem patientur ut canes.*»

Gott mochte wissen, wo inzwischen die Gedanken des schweigsamen Großvaters weilten. Der war mit fünfzehn Jahren, sein Bündel auf den Schultern, mit ein paar Gefährten ausgewandert. Die Mutter war bis zum Saumpfad mit aufgestiegen, mit der Verschämtheit unserer Mütter, denen noch der Trost einer zärtlichen Umarmung versagt bleibt. Starr und steif stehen sie in ihren schweren, dunklen Röcken da, und die Erinnerung an den fernen Sohn, das Verlangen nach dieser verlorenen Liebe, zerreißt desto schmerzlicher ihr Herz. So war er, Etappe um Etappe, bis nach Genua gekommen, in das enge Gassengewirr des Hafens, ganz betäubt vom Anblick dieses Waldes von Schiffen ... Und dann in den schmutzigen Kneipen, im unbekannten, penetranten Geruch von gebratenem Fischzeug und verschüttetem Wein, ein aufgeschürzter Rock, die zum ersten Mal erblickte Blässe eines weiblichen Schenkels, die jäh ausbrechende Schlägerei ... Der Großvater hatte in Korsika gearbeitet und war später Maurerpolier im Valtellina geworden. Nach etwa dreißig Jahren kehrte er heim, um sich eine Frau zu nehmen, und wenn man Tante Maria glauben wollte, die für die Dinge dieser Welt mehr Aufmerksamkeit bekundete als für die religiösen Beweisführungen ihrer älteren Schwester, war sie schön und jung. Mit dem Geld, das er sich in den Jahren der Emigration Stück für Stück erspart hatte, baute er sich ein geräumiges Haus und erwarb das Weiderecht für fünfzehn Kühe auf der Alp Ogliaro. Er war heimgekehrt zur Lebensweise seiner Väter, zu den Bergpfaden, zu den Gemsen, die er mit allgemein anerkannter und beneideter Meisterschaft jagte. In dieser würdigen Armut, der man mit der schweren Arbeit jedes neuen Tages die Stirn bot (der Ertrag der Alpwirtschaft wurde vermutlich zum größten Teil von den Eigentümern der Kühe abgeschöpft), sah er eines nach dem anderen seine Kinder zur Welt kommen: Kinder wie alle Kinder auf Erden, mit großen Augen voll Hoffnung und Vertrauen. Mit der Hoffnung war es aus, als das Seil riss und die fünfzehnjährige Angela, die dem Vater beim Bergen einer verstiegenen Ziege half, abstürzte. Ein verhängnisvoller Zufall, gewiss, denn das Seil, das der Vater mit fester Hand hielt, hatte sich an einer unter einem Busch verborgenen, messerscharfen Felskante durchgerieben; aber vielleicht war es auch Unvorsichtigkeit – und das arme Kind hatte, mit den Armen wild um sich schlagend, einen Moment lang den verzweifelten, flehenden Blick auf ihn gerichtet, ehe es, Herrgott!, mit einem endlosen, immer ferner verklingenden Schrei, der rings von den Felsen widerhallte, in die Tiefe stürzte ... Und dann nichts als Stille und er mit dem verstümmelten Seil in der Hand ... Wer weiß, woran der Großvater jetzt dachte, während die Stimme der anderen Tochter mit ihrer mystischen Lektüre über sein uraltes Schweigen dahinhuschte: an die Todesangst jenes Augenblicks? An den Abendfrieden auf der Alp, wenn ein Tag glücklich vergangen ist und die einzelnen Kuhglockentöne rings um die Hütte ihn über den Verbleib der schläfrigen Tiere beruhigen? Dachte er vielleicht an die ersten Nächte mit seiner jungen Frau? Oder dachte er überhaupt nichts mehr, sondern ruhte sich einfach vom Leben aus?

In Marcos schlaftrunkenem Kinderhirn nahmen indessen die Worte der Tante beängstigende Verzerrungen und Ausmaße an, die auch die Beschreibung des Paradieses, die gleich hinterher kam oder für den nächsten Abend verheißen wurde, nicht auszulöschen vermochte. «Um dir einen Begriff davon zu machen, denk an eine klare, schöne Nacht. Wie herrlich ist der Anblick des Himmels mit der Vielfältigkeit seiner zahllosen Sterne! Manche sind klein, manche größer. Während die einen am Horizont aufsteigen, gehen andere bereits unter, alle nach der festgesetzten Ordnung, wie der

Schöpfer es ihnen geboten hat. Nun stelle dir dazu einen schönen, hellen Tag vor, doch so, dass der Sonnenglanz dich nicht hindert, gleichzeitig Mond und Sterne zu sehen.»

Marco, der inzwischen erfahren hatte, dass die Beschreibung der Glückseligkeit immer Gefahr läuft, langweilig zu werden, musste jetzt über diesen naiven Versuch zur Vervollkommnung der himmlischen Landschaft lächeln. Er suchte das Lächeln gleich wieder von seinem Gesicht zu wischen, weil er fürchtete, es könnte missdeutet werden. Vorsichtshalber entfernte er sich ein wenig von den anderen und trat ans Fenster, um die Leute zu beobachten, die sich hier draußen zu zwei lockeren Gruppen zusammenscharten. In der Mitte blieb ein Durchgang frei für den Pfarrer, der jetzt in Begleitung der Bruderschaft jeden Moment eintreffen musste. Schon erklangen die letzten Schläge des Glockengeläutes, das zur Beerdigung rief. Mond und Sterne, wahrhaftig! Kein Prozess der Inquisition konnte vom Standpunkt der Kirche aus berechtigter erscheinen als die Anklage gegen Galileo. Die Wissenschaft rückt die Sterne näher, macht sie zu messbaren, erreichbaren Körpern. Die optische Linse bedeutet den Schiffbruch einer mystischen Geografie, den katastrophalen Einsturz der gewaltigen Gedankenkathedrale, die Niederlage einer Menschheit, die sich voller Hochmut zur Eroberung einer anderen Welt aufgemacht hatte. Die Linse, die unseren Blick schärft, Insekten und Blumen vergrößert, neue Fragen aufwirft ...

Die letzten Glockentöne waren verklungen. Nach einer kurzen Pause wurden sie von dem nervösen Gebimmel des Totenglöckchens abgelöst, das gleich wieder die neu entstandene Stille zerriss, um die traurige Bedeutung des Augenblicks zu unterstreichen. Marco fühlte sich unbehaglich. Er war mitten unter seinen Verwandten, entdeckte überall vertraute Stimmen und Gesichter, spürte aber zugleich, dass sie einen gewissen Abstand einhielten, gleichsam ein urtümliches Misstrauen bekundeten. Einige waren ihm unzweifelhaft ausgewichen, als sei er durch die äußere Welt verseucht, andere hatten ihn mit plumper Förmlichkeit mit «Sie» angeredet.

Dabei war es gar nicht lange her, dass er die Heimat verlassen, wo er mit den anderen von gleich zu gleich aufgewachsen war. Er hatte die gleiche Arbeit wie sie verrichtet, hatte mit ihnen den Stolz auf die sauber gemähten Wiesen und das Vieh geteilt, gleich ihnen die Mühen der Alpfahrt und des Heuens, den nicht enden wollenden Aufstieg unter der immer schwerer drückenden Last ertragen. Er dachte auch an den Feierabend, an flüchtige Freuden, die aber in der Erinnerung weiterdauern und wohl allen gemeinsam sind: Etwa wenn man in der plötzlich eintretenden Stille auf einmal wieder das Tosen des Gießbachs vernimmt, das zwischen den hohen Felswänden im ganzen Tal widerhallt, wie ein Sinnbild der Zeit, die schließlich jedes menschliche Leid auslöscht ... Oder wenn man im ersten Morgengrauen vom Bett aus den Regen herabrauschen hört, der einen Ruhetag verheißt ... Wenn er jetzt durch den nördlichen Nebel reiste, vermittelte ihm das taktmäßige Rattern der Eisenbahn, das die alten Erinnerungen auslöste, das gleiche wohltuende Gefühl.

Obwohl er jetzt anders dachte, entstammte er doch der gleichen ländlichen Welt, die am Geschmack der Speisen, dem Duft der Heuböden, dem Geruch des Stalldüngers, der im Herbst auf die Wiesen verteilt wurde, zu erkennen war, ebenso wie an einer bestimmten Art, eine Anekdote zu erzählen oder eine Anspielung zu machen, an den allgemein gebräuchlichen Sprachbildern, an einem gewissen Tonfall der Rede, der für eine gleichzeitig resignierte und zähe Lebenseinstellung bezeichnend war. Die Leute hier waren sein Volk. Mit ihnen hätte er gern die einfachen Gedanken, Schmerz und Hoffnung geteilt.

Er schaute zu seinem Vater hinüber, der schweigend vor dem Kamin stand; er sah, wie er die Asche seiner Zigarette sorgfältig abklopfte, so dass sie in die Feuerstelle fiel, wie er bedächtig antwortete, wenn jemand sich nach einer Einzelheit der Leichenfeier erkundigte. In seiner Art zu schweigen, sich zu bewegen, erinnerte er Marco an den Großvater in Aldrione. Die gleiche Ruhe – doch wer konnte wissen, mit welcher Heftigkeit ihn in dieser Küche, in der er aufgewachsen war, alte Erinnerungen überfallen hatten? Nach Beendigung der Leichenfeier würde das Feuer hier auf immer erlöschen. Einst waren sie zu zehn um diesen Tisch gesessen: zehn Schalen Minestra, zehn Scheiben Polenta oder Brot.

Nach dem Unglück mit Angela waren es nur neun, nach dem baldigen frühen Tod der Großmutter acht, dann sieben, sechs, fünf, weniger und weniger. Hochzeiten, Auswanderungen, Begräbnisse, bis zu diesem letzten von Tante Domenica. Bis auf zwei Brüder, die in Amerika verschollen waren, war er der einzige Überlebende von all den Kindern, die sich kaum gestern noch hier getummelt hatten, strahlend vor Gesundheit und Lebenswillen, stets bereit, Streit anzufangen, einander zu lieben, heißhungrig das Brot der Armut zu verschlingen. So kurz ist eine Lebenszeit. Marco war erstaunt über die stille Heiterkeit seines Vaters. Vielleicht helfen die Müdigkeit des Körpers und das Nachlassen der lebenswichtigen Funktionen dem Menschen, sich mit dem Gedanken an das Ende abzufinden. Vielleicht gleichen die Jahreszeiten der Alten jenen der Kinder: endlos lang, ohne die Hetze von Terminen, ohne die Knechtschaft der Uhr. Man kann sie einfach genießen, noch dazu wie ein unerwartetes Geschenk.

Nun sah Marco vom Fenster aus endlich die Bruderschaft auftauchen, ein Grüpplein weißgewandeter Männer, voran die Fahne und hinterher der Priester in schwarzem Ornat, mit vier Buben als Ministranten. Er sah, wie der feierlich aufgeputzte Mann den Kopf hob und nach Art der Kurzsichtigen die Leute prüfte, die vor dem Haus warteten, viel zahlreicher, als man es beim Begräbnis irgendeiner Tante Domenica hätte voraussehen können; und lächelnd, als belustigte es ihn, seine persönlichen Erwartungen so genau bestätigt zu finden, verlangsamte er den Schritt zu größerer Feierlichkeit, ergriff mit einer Gebärde, die ihn königlich dünken mochte, den Saum des Messgewandes, setzte eine andächtige Miene auf und stimmte seine Kehle sorgfältig für das *Si iniquitates observaveris Domine,* den Vorgesang zum Psalm *De Profundis,* welcher den Gottesdienst einleitete.

Der neubestallte Leichenbestattungsunternehmer aber stellte sein Glas hin und schlängelte sich mit unerwartet jugendlichem Schwung, unter hastigen «Entschuldigung, pardon, danke, bitte», diesmal aber ohne Katzenbuckel und Verbeugungen, zwischen den Anwesenden hindurch zur Tür, wo seiner die ebenso wichtige wie angenehme Aufgabe harrte, sich zu überzeugen, dass man jedem Wink seiner Hand, jedem diskret geflüsterten Wort seiner Lippen gehorchte. In der Küche entstand eine kurze Verwirrung, Mütter, die sich hastig bückten, um die Kleinsten einzusammeln und sie unter Drohung mit dem dunklen Keller und dem Gendarm, wenn sie nicht augenblicklich, aber augenblicklich! mucksmäuschenstill wären, auf den Arm zu nehmen. Auch die Großen verstummten, während alles zur Tür strömte.

In diese Stille hinein ertönte das klagende Rezitativ der Bruderschaft und verklang wieder. Der Priester wiederholte den Vorgesang. Man hörte das leise Geräusch, mit dem die Kettchen des Weihrauchfasses anschlugen, während es über der Bahre geschwenkt wurde. Weihrauchduft durchzog die Küche. Erneutes Trampeln und

Scharren verkündete den Abzug der Bruderschaft, die das *Miserere* anstimmte. Die Verwandten folgten hinterdrein, zu beiden Seiten flankiert von den Leuten, die sich vor dem Haus versammelt hatten. Marco schritt mit gesenktem Haupt in ihrer Mitte. Doch als er es hob, um den Grund für ein plötzliches Stehenbleiben zu entdecken, begegnete sein Blick unter den vielen Gesichtern, die ihn umringten, Giovannas Augen.

—

Ja, tatsächlich Giovannas Augen, die Margheritas Geschwätz vorhin in der Küche heraufbeschworen hatte, so dass sie sich in der Tiefe seines bekümmerten Herzens auftaten, und die jetzt wie durch Zauber – ein Zauber, den man erwartet und befürchtet hat – aus der Landschaft, den Häusern, aus dieser Schar von Menschen hervortraten, um ihn anzublicken. Er fühlte sich überrumpelt, gleichsam entblößt, unfähig, sich ihrer beängstigenden Eindringlichkeit zu entziehen. Und auf dem Grund dieser schwarzen Augen lag auch ein winziges Fünkchen Frechheit, eine Spur von Rachsucht, die unmittelbar an ihr letztes Zusammentreffen vor vielen Jahren anknüpfte, an die Idee, die Giovanna sich damals von ihm gemacht haben musste, im Gegensatz zu dem, was sie inzwischen über ihn erfahren haben mochte: als würde ein Gespräch wieder aufgenommen ...

Er neigte den Kopf und passte sich wieder dem Schritt des Trauerzuges an. In das Gestampf der Menschen, die sich paarweise hinter der Bahre aufreihten, fielen die erbarmungslosen Schläge der Totenglocke und verloren sich vibrierend zwischen den Bergen. Vielleicht dass bei diesen Klängen irgendwo dort oben ein Fuchs seine hungrige Suche einen Augenblick lang unterbrach ...

Vor vielen Jahren war er Giovanna im Lokaleisenbähnchen begegnet, als er in den Osterferien nach Hause fuhr – er war damals in der letzten Klasse des Gymnasiums – und sie in Locarno einstieg, zum Begräbnis von Leonilde. «Was, du wusstest nicht, dass sie gestorben ist?» – Nein, er hatte es nicht gewusst. Sie saßen einander gegenüber. Marco fühlte sich von ungewohnter Verlegenheit erfasst, noch verstärkt durch die Selbstsicherheit des Mädchens, das ihn ansah: Sind wir beide nicht die gleichen wie früher? Die Räder skandierten holpernd die Verbindungsstellen der Schienen, Glück und Leid der Begegnungen, der Trennungen, der versäumten Anschlüsse, sie wiegten die Reisenden in schwermütige Träume ein, wie es die Eisenbahnzüge auf der ganzen Welt tun. Hier geschah es ohne Hast. An den Fenstern glitt die Trägheit eines Aprilabends vorüber, im Tempo einer Pferdekutsche. Auch dies war heute verloren: Die langsame Fahrt eines blauen Bähnchens, das bei der Armseligkeit jedes Stationsgebäudes anhält, auf dem menschenleeren Bahnsteig, wo die Frau mit der schweren Einkaufstasche aussteigt.

Unbeholfen hatte er seinen Gemütszustand zu erklären versucht. Wie alljährlich hatten die frommen Väter des Collegio den Schülern einen Kursus geistlicher Exerzitien auferlegt, diesmal unter Mitwirkung einer berühmten Eminenz, um durch Versenkung in das göttliche Mysterium Worte reinster Christenliebe zu destillieren. Der Schwindel mittelalterlicher Mystik (doch das erkannte er erst heute), neu aufgelegt, mit modernisiertem Vokabular, bis zu den verführerischen Lautwerten, und er hatte sich davon entzücken und hinreißen lassen, war wie betäubt, das Herz von ungestümen Heiligungsvorsätzen geschwellt, daraus hervorgegangen. Und da diese Vorsätze schon angesichts der Versuchung ins Wanken gerieten, die ihm weich und warm und lebendig gegenübersaß und die er, was schwerer wog, noch immer in ihrer erregenden Nacktheit vor sich sah, hatte er mit um so größerem Eifer die erhabenen Rätsel der Eminenz wieder wachgerufen, den meisterhaften Kommentar zum ersten Korintherbrief mitsamt den sich daraus ergebenden peripathetischen Meditationen im Kreuzgang, wo zugleich mit der Frühlingssonne das Schweigen Gottes webte.

Jetzt erinnerte sich Marco voller Traurigkeit, wie verwirrt er damals dem Aufruf zur Lebensfreude, der Giovanna hieß, gegenüberstand; dank dem Waschmittel Loyola, das weißer als weiß wäscht, so weiß, dass es nicht mehr höher geht. Wie denn nicht, mit einer so altehrwürdigen Fabrikmarke! Und dank der Eminenz, dachte er jetzt zornig, die beim Reden die langen Finger der Linken in Form einer schlanken Lanzenspitze oder eines Rosenknöspchens zusammenlegte und sie dann zu einem Kelch öffnete, verbindlich und distanziert zugleich, ein wahrer Pacelli. Der Kardinal war auch wirklich später unter den möglichen Nachfolgern von Pius XII. genannt worden. Heute aber waren die edlen Phrasen über die paulinische Caritas wohl längst in Vergessenheit geraten, und er hatte den Dreiundzwanzigsten vermutlich mit wütenden Drohungen und blutdürstigen Zähnen angefallen, um ihm das bäuerliche Hirn zu zerfleischen. Marco wurde noch trauriger, als er sich jetzt erinnerte, wie das Mädchen ihn damals lange schweigend angeblickt hatte, um ihn schließlich zu unterbrechen: Also das wäre es? Die Paulus-Briefe? Die Konfessionen des heiligen Augustin? Uff! Sie, sie hätte das alles satt bis über die Ohren, die Pfarrer mitsamt ihrer heuchlerischen Moral und die Schwestern von Königshofen, bei denen sie zusammen mit hundert anderen Unglückswürmern erzogen wurde. Man musste sie nur sehen, die Schwestern, wie lieblich sie in der Kirche das *Salve Regina* sangen, mit gefalteten Händen und himmelwärts gerichtetem Blick, allesamt in Verzückung geratene Engel, und wie sie dann mit niedergeschlagenen Augen, der Dienstwürde nach, eine hinter der anderen, im Gänsemarsch hinausglitten, die verkörperte Demut ... Aber nachher in der Schule unerbittlich hart wie Panzerwagen, nach dem Vorbild der Ordensgründerin, Mutter Maria Theresa Berger. Natürlich nur, wenn man nicht gerade in ihrer Gunst stand. Doch auch untereinander tun sie sich alle Bosheiten an, gerade nur, indem sie den Kopf neigen oder nicht neigen, ein Wort sagen oder nicht sagen, durch einen fragenden Blick oder ein halblaut geflüstertes *Deo gratias* ... Es gibt verschiedene Arten, das *Deo gratias* zu sagen, das weißt du auch. Und sie sind in Parteien gespalten, in kleine Cliquen von zwei oder drei, die dann jeweils ihre Anhängerinnen unter den Schülerinnen und ihre Gönnerinnen im Mutterhaus haben ... Ständig in Zank und Streit, mit echt jungfräulicher Missgunst und Eifersucht. Jungfräulich! – Und wenn man ein bisschen nachdenkt und die Augen nicht absichtlich zudrückt, gibt es da gewisse Freundschaften – zwischen Schwester und Schülerin. Das Mädchen geht in die Zelle, um ein Buch zurückzubringen, und bleibt, bleibt ewig drinnen ... Und dann kommt sie heraus ... Herrgott, wie soll man es anstellen, um gewisse Dinge *nicht* zu begreifen, wenn so ein Mädchen zu ihren Kameradinnen zurückkehrt, die Gedanken ganz woanders, die Augen voller Schwermut – aber sie leuchten plötzlich auf, wenn eine bestimmte Haube erscheint ... Du meinst, ich hätte ein böses Maul? Aber gibt es denn nichts Ähnliches unter deinen Patres? dass ich nicht lache! Schließlich habe ich Ohren. Sogar die Zeitungen haben einiges darüber geschrieben ... Menschliche Schwächen! Marco, ich sage dir, nur ihre eigenen Sünden sind menschliche Schwächen, aber nicht unsere Sünden, nicht unsere Sünde, Marco, meine und deine! *Wir,* wir waren schon reif für den aufgerissenen Höllenschlund. Und dann kommen sie und erzählen dir vom lieben Gott, als hätten sie ihn persönlich gekannt, ihren himmlischen Bräutigam ... Die Berufung – die Gnade des Sakraments ... Ach, geh mir doch! Du hast recht, ich bin wütend und wahrscheinlich auch ungerecht, aber versuch wenigstens, die Augen offenzuhalten! Weißt du, ich war auch so, bevor ich dich kannte ... Ja doch, bestimmt! Da war ich brav und naiv, wie sie einen haben wollen ...

Sie hatten sich gezankt, sie hatte die Pfarrer und Schwestern angegriffen, er sie verteidigt. Als ob es der

Mühe wert gewesen wäre! Er erinnerte sich an Giovannas Augen, dem Weinen nahe: «Warum gehst du nicht gleich ins Kloster und wirst Mönch?» Sie war wütend gewesen – und so schön! Und er ... So hatten sie sich voneinander getrennt, mit dem Streit, der zwischen ihnen stand, und sich nie mehr wiedergesehen. Unwiederbringlich verlorene Zeit ... Und jetzt war er traurig. Er hatte verzichtet, aber er war von schmerzlicher Eifersucht bedrängt auf das, was sie inzwischen wohl erlebt und erlitten hatte, und von Angst vor der Zukunft erfüllt, als ob das Leben ihm nichts anderes bringen könnte als Leid, eine unbestimmte Anzahl von Tagen, deren jeder mit seiner eigenen Leichenfeier endete. Er blieb einen Augenblick stehen, um tief in sich hineinzuhorchen, bis in das Gewirr der Gedärme hinunter, wo die bitteren, ätzenden Säfte, die Magengeschwüre verheißen, fließen und überfließen. Doch zum Glück rief ihn das Trampeln der Leidtragenden in die Wirklichkeit zurück, und er hielt wieder diszipliniert den rechten Abstand ein. Dann hob er aus alter Gewohnheit die Augen zu seinen Bergen auf: eine Bitte um Trost.

Unberührter Neuschnee glättete ihre Konturen und ließ die Felsstufen, die Schluchten, die dunklen, von weißen Rinnsalen geäderten Felswände deutlich hervortreten: eine scheinbare Unordnung, die er jedesmal voller Zärtlichkeit wiedererkannte. Die Morgenwolken, die letzten nach einer regnerischen Woche, hatten sich im reinen Himmelsblau aufgelöst. Es hatte bis zur Baumgrenze hinunter frisch geschneit, und im Tal unten sah es plötzlich nach Frühling aus. Die Robinien, die Kastanien- und Nussbäume standen noch kahl, aber die Knospen schwollen vor Saft, und die Wiesen waren mit zartem Grün bedeckt.

Nun trat die Spitze des Zuges ins helle Sonnenlicht hinaus. *Cor mundum crea in me Deus,* sangen sie, in Harmonie mit all dem Glanz ringsum. Mache das Herz in mir rein, o Gott. Die Worte passten, aber nicht die trostlose Melodie, in der sich tiefster Schmerz mit der Angst vor der Stille, die den Toten umgibt, zu verbinden schien, eine flehentliche Klage, die den frommen Seelen entquoll und sich alsbald in den Lüften verflüchtigte, durch die Schluchten zwischen die Berge eindrang und in die große Reinheit des Himmels aufstieg, bis man wieder nur das Getrampel des Leichenzuges vernahm. Marco kam bereits die nächste Verszeile in den Sinn: *Ne projicias me a facie tua.* Stoße mich nicht hinweg von Deinem Angesicht. Wie oft hatte er versucht, wenn er nach der geflüsterten Beichte aus der Sakristei in das Halbdunkel der Kirche, vor das Allerheiligste im Glanz seiner Kerzen trat, sich mittels dieser Verse zu einer Reue anzuspornen, die er doch nicht zu fühlen vermochte, weil er die vermeintlichen Sünden, denen sie gelten sollte, bestimmt wieder begehen würde. Und wie oft hatte er sich mit aller Kraft auf ebendiese Zeilen konzentriert, um Ihm, der im Menschenherzen liest, zu sagen: «Nimm mich, wie ich bin, mit meinem ganzen inneren Wirrwarr, dem Wirrwarr des menschlichen Herzens!» Wenn Gott wirklich die Gebete der Menschen erhört, hätte er ihm den inneren Frieden, den er mit so leidenschaftlichem Glauben und so reinem Gefühl erflehte, nicht verweigern können.

Jetzt sangen sie auch diesen Vers, und es schien Marco, als kehrte er aus dem Abgrund der Zeit in die Flüchtigkeit des Lebens zurück; wieder verklangen die Töne, und über dem veränderlichen Tosen der Sturzbäche, die von der Schneeschmelze angeschwollen in ihren Schluchten schäumten, war einen Takt lang wieder nur das Stampfen der Leidtragenden zu vernehmen.

Dann schwenkte die Bruderschaft, mit dem feierlich zelebrierenden Priester an der Spitze, in einem weiten Bogen ein, und Marco konnte den in der Sonne schneeweiß leuchtenden Fichtensarg sehen, der im Begriff war, vom weit aufgerissenen Mund der Kirche verschlungen zu werden. Im weihraucherfüllten Dämmerlicht, das unter der geweihten Wölbung herrschte – daran erinnerte er sich von der Zeit her, da auch er inmitten der Brüder geschritten war –, gewann der Gesang, der nun nicht mehr in der bewegten Luft und einer gewissen Zerstreutheit der Sänger zerflatterte, an Macht und Fülle, ein Chor von Älplerstimmen, die gewohnt waren, sich auf ihren eigenen, individuellen und kollektiven Abkürzungen durch den alten gregorianischen Choral durchzuschlagen, wie auf ihren Alpenpfaden. Stocksteif im Sarg ausgestreckt, die schwarzbestrumpften Zehen nach oben gerichtet, den verschrumpften Körper vom schwarzen Kittel bedeckt, die Hände in den Rosenkranz verschlungen, der vielleicht im Schritt der Träger leicht hin und her baumelte, das Sonntagskopftuch über dem bleichen Gesicht – so tauchte jetzt die tote Tante Domenica, auf den Schultern von vier Neffen schwebend, in das Halbdunkel, mitten in die Klänge ein, die sie augenblicklich wiedererkannt hätte, hätte sie sich nur zu erinnern vermocht, dass sie einst lebendig gewesen war; unter neuen Beweihräucherungen und Gebeten, während ihre Schutzengel herbeieilten, *offerentes eam in conspectu Altissimi,* um sie Gott vorzustellen: Dies ist die schöne, reine Seele *Deiner famula,* der Magd Dominica, wie der Name in feierlichem Latein lautete.

Auf dieser jämmerlichen Erde, dem Schauplatz grausamer Scherze und kleiner oder großer Bosheiten, die auch das allerreinste Herz kränken, hatte man Domenica allgemein «Tante Stoßgebet» genannt, weil sie beim Religionsunterricht, den sie den kleineren Schulkindern an Winterabenden zu erteilen pflegte, ihren Schülern kurze Gebete beibrachte und angelegentlich ans Herz legte: «Lieber Jesus, mach mich fromm, dass ich in den Himmel komm.» Die Stoßgebete, so pflegte Tante Domenica zu erklären – und tut es vielleicht weiterhin, wer kann das wissen? –, sind wie Pfeile, die man dem Herrn Jesus, der Madonna und den sonstigen Heiligen geradewegs ins Herz schießt, um die Beistandsgnaden zu erlangen, die wir alle in unserem täglichen Leben so notwendig brauchen. Und auch wenn die erbetene Gnade nicht gewährt wird, schadet das nichts, das Stoßgebet bringt auf alle Fälle ein schönes Päcklein Sündenablass ein, nämlich «nach theologischer Ansicht den Erlass der zeitlichen Strafe für Sünden, die nach der Taufe begangen und vom rechtmäßigen geistlichen Oberen außerhalb des Sakraments, unter Anwendung der kirchlichen Gnade solchen Gläubigen, welche die entsprechenden Bedingungen erfüllen, vergeben wurden, Gott gegenüber aber noch zu büßen sind». Tante Domenica wusste die Definition nicht nur auswendig, auf den Beistrich genau zu zitieren, sondern auch jedes einzelne dieser chinesisch klingenden Worte zu erläutern, so dass ihre kleinen Schüler den denkbar vollständigsten Begriff davon erhielten.

In den unruhigen Köpfchen unter den zerzausten, stets mit Strohhalmen und Straßenstaub gezierten Lockenschöpfen, die nichts vom Kamm wissen wollten, gab dies Anlass zu den wunderlichsten Verwirrungen und Konfusionen, die ihrerseits in der hartnäckigen Schulmeisterin ein unbestimmtes, aber entmutigendes Gefühl ihrer pädagogischen Ohnmacht erweckten. Tante Domenica fand sich seufzend mit diesem beklagenswerten Zustand der Menschheit ab: «Es können halt nicht alle Kinder intelligent sein, besonders bei uns im Dorf, wo sie zwischen Ziegen und Hühnern oder beim Holzsammeln im Wald aufwachsen; noch dazu bei solchen Eltern, die mehr an irdische Güter als an die christliche Religion denken ...»

Das «Wissen» reduzierte sich schließlich auf eine simple und tröstliche Rechnung von Tagen, Wochen oder Monaten, die vom Aufenthalt im Fegefeuer abzuziehen waren, wo die Flammen ja nicht weniger heiß brennen als in der Hölle, nur dass einem natürlich die Hoffnung bleibt. Jedenfalls schien es angebracht, bei jeder Gelegenheit Stoßgebete aufzusagen, es kostet ja nichts; man betet zum Beispiel, sooft man an einer Wegkapelle vorbeikommt, damit allfällige Schlangen von Engelshänden verscheucht werden; man betet, um den Teufel zu vertreiben, wenn man in Versuchung gerät, oder um einen Fluch, der einem herausgerutscht ist, wieder gutzumachen, oder wenn man zum Melken in den Stall geht, damit die Kuh nicht unversehens den Eimer mit der frischen Milch umwirft; man betet beim Bestellen des Feldes, damit die Kartoffeln gut geraten, obzwar sie nicht im Skorpion oder bei Neumond gesteckt wurden; ebenso wenn man sich zum Mähen anschickt, und sei es auch nur eine halbe *gerla* Gras. («Aber das Heu hat ja gar keine Zeit, mehr zu werden!», bemerkte hier der übliche Frechdachs. – «Still, jetzt lernen wir den Katechismus zu Ende, und wenn ihr brav seid, erzähle ich euch nachher noch ein Exempel.» – Falls es gelang, die mit *zoccoli* bewehrten Füßchen, die schon grausame Schläge gegen die benachbarten Schienbeine führten, stillzuhalten, bestand das sehnlich erwartete «Exempel» fast immer aus einer Geschichte, wie ein Toter ins Leben zurückkehrte, um zu berichten und zu bezeugen, wie herrlich beziehungsweise fürchterlich es drüben wäre. Jetzt wusste sie es selbst.)

Genau vor siebzig Jahren hatte in ebendieser Kirche eine andere Zeremonie stattgefunden, bei der Tante

Domenica durch das Wasser der heiligen Taufe von allen Sünden gereinigt wurde. Von hier aus hatte sie ihr Dasein als fürsorgliche Ameise angetreten, als Ameisenarbeiterin, die selbst kein Leben zeugt, sondern zur Aufzucht und Pflege der Nachkommen anderer bestimmt ist. Und was war das für ein Dasein! Ohne Spiel, ohne Scherz, ohne die Erinnerung einer einzigen Liebkosung! Von der Kindheit unmittelbar zur Verantwortlichkeit der reiferen Jahre berufen, denn nach dem Tode der Ältesten, Angela, war es an ihr, der Mutter bei all ihren Pflichten beizustehen und sie zu ersetzen: die Kleineren aufnehmen, herumtragen, niederlegen, dazu waschen und flicken, den Milchkessel über das Feuer hängen, und dann rasch hinaus, aufs Feld, in die Wiesen, in den Wald, heuen, Kastanien sammeln, Kartoffeln aushacken, Holz und Streu machen, die Ernte einschaffen, in Keller, Dachboden, Scheune befördern, nichts im Sinn als die heilige Furcht Gottes und die nimmer endende Arbeit ums nackte Überleben; und dies alles mit ihrem platten Busen und der spitzigen Nase, die dazu angetan waren, Blick und Zuneigung anderer Menschen abzustoßen. – Jedoch die Hässlichkeit ist eine Gabe Gottes, eine Auszeichnung für besonders kostbare Seelen, sozusagen eine Schutzpackung gegen die Erschütterungen und Ablenkungen dieser Welt, worauf in Großbuchstaben fragil steht, und die Adresse ist natürlich das Paradies. Hinter dem Beichtstuhlgitter hervor, jenem mit Kreuzchen durchlöcherten Blech, aus dem ein geheimnisvolles Flüstern tönt, musste Don Carlo ihr mit den klugen Umschreibungen, in denen die geistlichen Führer seit jeher unübertroffene Meister sind, diese tröstliche Auffassung allmählich eingetrichtert haben. Und Tante Domenica hätte um nichts in der Welt ihrem Kleid den Schmuck eines bunten Bandes, ein paar Stunden Geduld für eine kleine Stickerei gegönnt. Stickereien macht man für Altartücher.

Marco erinnerte sich, wie sie in Aldrione gewesen war: winzig klein auf ihren dürren Beinen, die Füße in unförmigen Stoffschuhen, die sie einem Schwimmvogel ähnlich machten, mit gewaltig großen Schritten über die zahllosen Wege hastend, die vom Weiler in die umgebenden Felder und Wälder führen. Sie voran, hinterdrein, gleichfalls mit Schwimmfüßen geziert, die arme Maria, und zum Abschluss er selber, ein magerer, zu rasch aufgeschossener Junge, der von seiner Länge auf die beiden unermüdlichen schwarzen Kopftücher herabblickte, alle drei mit der *gerla,* dem Rechen oder der Sense über der Schulter, je nach der Arbeit, die zu verrichten war. Sie stets mit einem wachsamen Auge für den Fuß, den sie voransetzte, für den Strauch, den es abzuhacken, die Viper, die es erbarmungslos zu töten galt, während das andere Auge den Himmel, die Wolken, die Windrichtung erforschte und auch das Ohr gespannt die Klangfarbe aller Töne aufnahm, um daraus zu berechnen, wie viele Körbe Heu man auf dieser Wiese riskieren durfte oder welche andere Arbeit man vornehmen sollte, um den Tag möglichst gut auszunutzen.

Er erinnerte sich, wie sie hinter gewaltigen Heustapeln verschwand, die scheinbar selbsttätig heranwankten, um dann mit einer weit ausholenden Wurfbewegung in die Tragkörbe verstaut zu werden; wie sie die letzten paar Grashalme auf der sauber gerechten Wiese zusammenkratzte, vier flinke Rechenstriche, die übervolle *gerla* schon auf dem Rücken, wie sie die Handvoll Heu aufnahm und zwischen ihren Rücken und die Tragbänder der schweren Last stopfte, damit nur ja kein Hälmchen verlorenginge. Und wie sie in der Kirche mit gedämpfter Stimme, Takt für Takt, den Rosenkranz betete, worauf alle zusammen die Ave-Perlen durch die Finger gleiten ließen, und hierauf setzte ihre Stimme, um einen Ton höher, aufs neue ein ...

Und jetzt Stille und Reglosigkeit, die Hände vom Rosenkranz umschlungen, gleichsam um zu bekräftigen, dass auf dieser Welt nichts zählt, außer der Tatsache, dass man am Leben ist.

Eben in Aldrione, wohin sein Vater ihn jeden Sommer schickte, um den Tanten beim Heuen zu helfen (der beinahe neunzigjährige Großvater saß gewöhnlich unter der *loggia,* wo er mit langen Pausen, in denen er seiner Müdigkeit lauschte, Rechen und Körbe reparierte oder anfertigte), hatte er Giovanna getroffen.

Es gab ihm einen Stich ins Herz, als er jetzt nachrechnete, dass sie in jenem Sommer beide sechzehn gewesen waren. Es war das letzte Jahr des Krieges, dessen endlichem Erlöschen im Pazifischen Ozean Europa nach den grauenerregenden Enthüllungen über die Konzentrationslager ungläubig lauschte. Der Krieg, der die Umwälzung der menschlichen Verhältnisse zu beschleunigen pflegt, hatte auch das Valmaggia aus seiner Unbeweglichkeit gerissen, in der es seit Menschengedenken erstarrt schien, und aus seinen Ziegenhirten Holzfäller gemacht. Der Wald auf den Steilhängen wurde geschlagen, das Holz nach Locarno geschafft und von dort wer weiß wohin befördert, wo es als Ersatz für Erdöl und Kohle gebraucht wurde. Die Arbeit war ebenso schwer und gefährlich wie früher, doch im Gegensatz dazu wurde sie bezahlt. Mit barem Geld bezahlt, und die Silbermünzen und Banknoten, die bisher so selten gewesen waren, dass man sagen konnte, das Tal lebe, mit Ausnahme der Emigration, von der Naturalwirtschaft, erschienen als ungeahnter Reichtum: das Glück war plötzlich mit Händen zu greifen, und niemand gab sich Rechenschaft darüber, dass es um den Preis einer nicht allzu großzügigen Neutralität erworben war – abgesehen natürlich vom ausdrücklichen Eingreifen des Himmels, im besonderen Fall also des heiligen Niklaus von der Flüe, der vor kurzem zum Schutzpatron des Landes befördert worden war, mit dem präzisen Auftrag, es vor dem Krieg zu bewahren. Der Neukanonisierte hatte sich auch sofort an die Arbeit gemacht, offenbar voller Dankbarkeit, dass die Römische Kurie sich seiner nach so vielen Jahrhunderten wieder erinnert hatte – während die Männer aus dem Valmaggia im Schweiß ihres Angesichts Bäume fällten und plombierte Eisenbahnwaggons über schweizerische Schienenstränge aus dem faschistischen Italien nach Norden rollten, und umgekehrt.

In diesen Jahren hatte das fließende Wasser Eingang in die Häuser von Cavergno und einigen anderen Gemeinden gefunden. Hie und da schwang jemand sich sogar zu einer Badewanne oder einem Radioapparat auf, und viele lernten auf dem Fahrrad balancieren, zur großen Besorgnis von Don Carlo, der in den häufiger gewaschenen Achselhöhlen, den fröhlichen Melodien des Trio Lescano und dem Fahrradsattel, der, zwischen zwei Mädchenbeinen vibrierend, munter über Berg und Tal hüpfte, ganz gefährliche Versuchungen des Fleisches witterte. Vielleicht witterte er gar nicht, sondern vernahm mit unterdrücktem Stöhnen die widerwillig herausgepressten Geständnisse von Seelen, die von der Technisierung unwiderruflich ins Reich der Finsternis und der Sünde getrieben wurden. Das Stöhnen machte sich dann in feierlichen Strafpredigten Luft, von der Kanzel herunter und hinter dem Beichtstuhlgitter hervor, die sich vor allem an die Eltern richteten: letzte Sprosse auf der Leiter der Machtbefugnis, die Gott mitsamt allen Schlüsseln und Unfehlbarkeitsgarantien dem Apostel Petrus und seinen Nachfolgern verliehen hat und die vermittels Handauflegen Salbungen und Segnungen immer tiefer und tiefer hinunter, bis zu diesem letzten Bollwerk weitergegeben wird.

Doch wenn diese Veränderungen auch langsam das Gesicht von Cavergno und seinen Einwohnern zu verwandeln begannen, blieb es bis Aldrione hinten im Valbavona noch immer ein Fußmarsch von zweieinhalb Stunden, auf dem Saumpfad, dessen Steine von den Füßen der darüberziehenden Menschen und Tiere glatter abgeschliffen waren als die Kiesel im Fluss. Dieser Weg führte aus der Zeitgeschichte in eine antike, noch mit steinzeitlichen Überlieferungen verbundene Welt, wo das tägliche Leben sich nach dem Gang der Sonne richtete und Arbeit nicht mit Geld abgegolten wurde. Die welterschütternden Nachrichten, auf die Millionen Menschen von Stunde zu Stunde in atemloser Spannung warteten, langten hier draußen mit tagelanger Verspätung an, abgeschwächt und ohne Beziehung zur Realität, gerade gut genug für das Geschwätz von Onkel Clemente, der von Zeit zu Zeit ein Paket alte Zeitungen erhielt. Hier draußen konnte man glauben, dass die Welt sich nach wie vor nach dem unwandelbaren, langsamen Rhythmus der Jahreszeiten richte, unveränderlich wie der Fels, den die Sonne erwärmt und die Nacht abkühlt. Die Wolken am Himmel waren wichtiger als alle kriegerischen Ereignisse und Zusammenkünfte auf höchster Ebene, denn aus ihnen konnte der Regen fallen, der das Heu auf den Wiesen verdarb.

Heute, nach dem Gedränge der menschenwimmelnden Bahnhöfe, nach der ständigen Hetzjagd, um irgendwo rechtzeitig einzutreffen, nach den verstopften, verstunkenen Autostraßen, dem Gebrüll der Hupen, dem Dröhnen der Züge, nach dem Schlangestehen im Selbstbedienungsrestaurant (um dann seine Mahlzeit im Stehen hinunterzuschlingen), erschien Marco, in der

Geborgenheit der Erinnerung, jene sonnendurchleuchtete Sommerstille als ein unwiederbringlich verlorenes Glück. Damals war er sechzehn Jahre alt und unfähig, es richtig zu schätzen. Wenn er jetzt zurückdachte, war er gewöhnlich gelangweilt und verdrossen gewesen, wusste mit seiner freien Zeit nichts anzufangen und fühlte sich irritiert durch die zärtliche Aufmerksamkeit und die ständige Beterei von Tante Domenica, die sich in der kleinen Gemeinde des Weilers die ihr gemäße Stellung einer um das Seelenheil anderer besorgten, geistlichen Helferin errungen hatte. In Aldrione hausten im Sommer nur Greise, Frauen und Kinder, insgesamt etwa siebzig Seelen, eher weniger, weil die Männer und die Burschen über vierzehn oben auf der Alp arbeiteten oder im Hauptort des Tales ihrem Gewerbe oblagen.

Dünn und hoch aufgeschossen, zu groß für die Spiele der Buben, denen er mit leisem Neid zusah, war er doch nicht erwachsen genug, um in die Gesellschaft der beiden einzigen anderen jungen Burschen aufgenommen zu werden: das waren Celso, der als einziger Sohn seines Vaters sein Vieh einem Sennen anvertraut hatte, um wie die anderen zu heuen, und Aldo, der diese Arbeit anstelle einer erkrankten Schwester übernehmen musste. So blieb Marco allein und überließ sich voller Schwermut den vagen Liebesträumen, die allen Jungen seines Alters gemein sind – oder vielmehr waren.

Allerdings musste er arbeiten. Aber an den strahlenden Sommermorgen Gras mähen und wenden oder es an den langen Abenden in Erwartung des Sonnenunterganges zusammenzurechen – das war eine Beschäftigung, die seine Flucht in fantastische Wachträume, wie sie Knaben – und nicht nur ihnen – eigentümlich sind, nur förderte. Für Regentage hatte er sich eine Schulausgabe von Leopardis Gedichten mitgebracht, worin er sich, unter zahllosen Seufzern nach einer nicht existierenden Silvia oder Nerina schmachtend, erging, und außerdem eine Anthologie lateinischer Autoren, in welcher er *Passer deliciae meae puellae* wiederlas und als ein romantischer Catull von der keuschen Jungfrau Lesbia träumte, die die kleinen Spatzen liebte.

—

Nach dem ersten *notturno,* das nur von den Männern gesungen wurde, gab es eine Pause, gerade lang genug, dass der Priester sich in die Sakristei begeben und das Pluviale gegen ein anderes Messgewand tauschen konnte. Dann stimmte der Prior der Bruderschaft das *Requiem* an, das die Messe einleitete, und alle erhoben sich von ihren Sitzen. Diese neue Melodie war noch trauriger als die vorangegangene, obwohl sie die ewige Ruhe, *requiem aeternam,* für Tante Domenicas Seele erflehte und bat, das ewige Licht, *lux perpetua,* möge ihr und allen ihr vorangegangenen Gläubigen leuchten. Aber wo? In welchem Winkel des Universums schwebten die vom göttlichen Licht aufgespießten menschlichen Libellen in Erwartung der letzten, endgültigen Verwandlung umher? Und wo verweilten die anderen, die unseligen Geschöpfe, die, vielleicht nur um eines Versehens willen, einer nicht erfüllten Buße, einer übermächtigen Versuchung, eines Zweifels wegen – «Gott beschütze uns!», hätte Tante Domenica ausgerufen – in die ewigen, dunklen Flammen hinabgeschleudert wurden?

Ja, ein Requiem für den armen Antonio Selva, der in seinen letzten Lenzen nicht einmal mehr Atem genug hatte, um über seinen Rheumatismus zu jammern, der Jahr für Jahr pünktlich wie der Kalender wiederkehrte. Ein Requiem für Adelaide, die Hungers gestorben war, weil sie der Gemeinde nicht die Kosten für ihren Unterhalt aufbürden wollte. Ein Requiem für die arme Angela, für den Großvater, der in das Schweigen seiner Gedanken emigriert war, für den großen, furchteinflößenden Don Carlo, für die dicke Leonilde, die außer der schweren *gerla* hinten noch ein anderes gewaltiges Gewicht mit sich herumschleppen musste. Für Giacomo, für Giovannantonio, für die Tanten Maria und Domenica und alle anderen, die ihr tägliches Brot den Felsen, dem Wind, der harten Jahreszeit abgerungen hatten, den todmüden Knochen, die sie jeden Morgen beim Aufstehen wiederfanden, der unaufhörlichen Plage, der erst der Tod ein Ende macht. Doch ein Requiem auch für die schöne Heloise, für die Nonne Geltrude und den verzweifelten Diego la Matina, für alle, die dem undurchdringlichen Dickicht von Gewalttätigkeiten, Ängsten, zum Gesetz erhobenen Vorurteilen, moralischen Grundsätzen und erstickenden Sittenregeln zum Opfer gefallen sind.

Arme Tante! Am Freitag kein Fleisch essen, jeden Sonn- und Feiertag zur Messe gehen, keine Unzucht treiben; diese Übertragung des Evangeliums ins rein Formalistische war für sie zum Kern des Lebens selbst geworden. Die frohe Botschaft, die einst die Welt erhellte, hatte sich in ängstliche Flucht vor Sünde und tägliche Todesgedanken verwandelt. Marco suchte das lange Gebet zu rekonstruieren, das sie in Aldrione jeden Abend aufzusagen pflegte – während jetzt der Pfarrer in der Tür der Sakristei erschien und wie ein guter Ziegenhirt die zapplige Schar der Chorknaben vor sich hertrieb, sie mit väterlichen Gebärden zu Ordnung und Stille ermahnte, ihnen dabei aber flüsternd Hiebe und Ohrfeigen androhte. Endlich hatte er sie gleichmäßig um sich verteilt, so dass er, in ihrer Mitte stehend, zum Introitus bereit war. «Wenn meine gesträubten, von Todesschweiß triefenden Haare», hatte die eiserne Tante vor dem Kamin gebetet, die brennende Kerze, die ihr zum Schlafengehen leuchten sollte, in der Hand, «mir mein letztes Stündlein verkünden, Herr Jesus, erbarme Dich meiner! Wenn meine zitternden Hände, Dich, o Kruzifix, mein höchstes Gut, nicht mehr zu umfassen und zu halten vermögen, so dass sie Dich gegen meinen Willen auf mein Schmerzenslager fallen lassen, Herr Jesus, erbarme Dich meiner! ...»

Wer hatte diese Worte zusammengestellt? Sie wurden in Andachtsbüchern abgedruckt, verteilt, den Gläubigen empfohlen ... Tante Domenica rezitierte sie stehend, mit halblauter Stimme in der nächtlichen Stille, ohne Mitleid mit sich selber, doch mit der tief innerlichen leisen Selbstgefälligkeit eines Menschen, der auch den schrecklichsten, von der menschlichen Fantasie geschaffenen Trugbildern Trotz zu bieten vermag. Von dem Stümpfchen der Talgkerze erleuchtet und als schwankender Riesenschatten auf die Wand projiziert, wuchs ihr groteskes Gesicht ins Feierliche, Geheimnisvolle. Sie war mit dem Tode auf du und du, wie ein Ritter der Vorzeit.

Ihr ganzer Tag war vom Mysterium der Religion durchdrungen. Der jubelnde Morgengesang der Lerche, die Lieblichkeit der Blumen (sofern man sie nicht gerade als Altarschmuck brauchte) existierten für sie nicht. Schönheit war anderswo zu finden. Arbeiten musste man, um zu leben, und das Leben war das einzige Mittel, sich das Paradies zu verdienen. Für diese zur Heiligung grimmig entschlossene Seele gab es keinen Augenblick Rast, keine Süßigkeit des Ausruhens, außer vielleicht in der Kirche, im Moment der Anbetung, allein vor Jesus ... O mystische Freundschaft, tröstliche Verheißung grenzenloser Güte! Oder auch während des Gottesdienstes, in der Wärme des gemeinschaftlichen Gesangs, in der Wolke von Weihrauchduft, die undeutlich den Sitz der himmlischen Chöre ahnen lässt; vor ihren Augen der Altar, von Grün und Blumen – ihren Blumen! – prangend, dazwischen die barocke Üppigkeit der Kandelaber und in der Mitte thronend die Monstranz in ihrem goldenen Strahlenglanz ... Eine einzige Pracht!

Wie oft hatte sie ihn zum Gottesdienst mitgenommen, um ihm die richtige Andacht und die vorbildliche Art, sie auszudrücken, beizubringen. Als Modell dienten die Heiligenbilder: Heilige, welche die Augen verdrehten, dass man nur das Weiße sah, und Heilige, die den Blick anbetend auf das Kruzifix senkten. Auf sie wies die Tante mit erhobenem Zeigefinger, der noch wund war, so heftig hatte sie den heiligen Hausrat, Ampeln, Laternen, Kandelaber, Weihrauchfässer gescheuert und auf Hochglanz poliert. Sie lehrte ihn auch die Benennungen der einzelnen Geräte und Paramente, die er heute mit Rührung wiedererkannte, wie den Hausrat der väterlichen Küche. Denn trotz der Langweiligkeit der nicht enden wollenden Messen und der Angst, vor dem Richterstuhl von Don Carlo erscheinen zu müssen, hatte er mit der Zeit das Kirchlein liebgewonnen, das ein wackerer klassizistischer Maler gar anmutig mit goldenen Trauben zwischen Gezweig und Laubwerk ausgeschmückt hatte. Im Chorgewölbe prangten, von reichverschlungenem Flechtwerk umrahmt, auf hellblauem Grund die Medaillons der vier Evangelisten im Gespräch mit ihren Symbolen: dem kindlichen Engel, dem stumpfsinnigen Adler, dem schwermütigen Löwen, dem in gewichtige Betrachtungen versunkenen Ochsen. Hier hatte er in der Stille so manches Maimorgens barfüßig bei der Messe ministriert. Hier hatte er auch mit aufgerissenen Augen die würdevolle Gestalt eines asketischen, nicht weit vom Tode entfernten Bischofs angestarrt, die eingetrocknete Hülle einer schon in andere Reiche entflogenen Seele, der ins Dorf gekommen war, um ihn durch die Gewährung einer leichten Berührung zum vollkommenen Christen zu machen. Hier hatte er im weißen Gewand der Bruderschaft die Karfreitagsnacht im Gebet durchwacht.

Zu Quarantore hatte er die Kirche mit Menschen vollgepfropft gesehen. Das Fest wurde im tiefsten Winter gefeiert, damit niemand bei der obligatorischen großen Wäsche fehlte. Die Evangelisten am himmelblauen Gewölbe verschwanden schier im Weihrauchnebel, und das Allerheiligste war zwar ausgestellt, aber mit einem gestickten Schleier verhüllt, um der Menge das Hinsetzen zu gestatten. Von der Kanzel blickte ein auswärtiger Prediger auf den Teppich von Gesichtern, von Augen, Mündern und Nasen herab: große und kleine, dicke und spitze, gerade und schiefe oder veilchenblaue Nasen, Nasen, die wie zerquetschte Kartoffeln aussahen oder kühn über die bäuerlichen Schnurrbärte hinausragten, in denen Tröpfchen hingen, vom Schnupfen oder vom Atemhauch, denn die Temperatur betrug nicht viel über null. Manche waren in schweigender Erwartung emporgerichtet, so dass man sogar in die Nasenlöcher hineinsah, und zu diesen gehörte auch die unvergessliche Nase der Tante. Und neben ihr, im reichverschnörkelten Muster dieses großen Teppichs, ein rosig goldener Fleck, ein Kinderköpfchen mit zwei himmelblauen Tupfen darin, die sich, der Richtung der großen Nase folgend, auf ihn, den Prediger, den Vollstrecker des göttlichen Wortes richteten, der Prophet und Orakel in einem war.

«Geliebte Brüder von Cavergno! Welch große Freude für einen unwürdigen Diener Gottes, wie ich einer bin, von der Kanzel dieser prachtvollen Kirche aus so viele durch die Sakramente geheiligte Seelen zu erblicken. O geliebte Brüder, euer Dorf ist wahrhaftig ein gesegnetes Dorf, das die Engel im Himmel unter Lobpreisungen Gottes betrachten. Wie glücklich seid ihr, die ihr inmitten eurer Berge, fern von den Versuchungen der modernen Welt lebt!» Im äußersten Winkel seines Blicks, der gebannt an dem außergewöhnlichen Mann hing, der nach Cavergno gekommen war, um von der Kanzel zu sprechen, sah der kleine Marco, wie der Mund seiner Patin sich um ein paar Millimeter verbreiterte: die Andeutung, die winzige Spur eines Lächelns. Doch die dünnen Lippen verschlossen sich gleich wieder hermetisch bei dem unmittelbar folgenden, unerwarteten Ausbruch des Priesters, dessen Augen in heiligem Zorn erglühten: es gäbe andere Strände auf dieser armen gemarterten Erde, wo die Massen die Kirchen veröden ließen, Länder, in denen die Gotteshäuser entweiht und die Geistlichen von Regierungen verfolgt würden, die nicht länger Gott als den Schöpfer und Lenker der Welt anerkennen wollten ...

Jetzt wandte der inzwischen erwachsene Marco den Blick zu der leeren Kanzel und suchte sich die Gestalt des wutschäumenden Männchens zu vergegenwärtigen, aus dessen Mund klerikale Schimpfworte wie Geifer hervorsprühten. Von seiner Höhe aus überschüttete er sie mit den Früchten seiner schlechten Verdauung, untermischt mit oberflächlichen Erinnerungen an die Predigten *Segneris**:

Luther, der um einer Nonne willen zum Verräter an der Kirche wurde; Konstantin der Große, dem die Er-

*Paolo Segneri (1624–1694), ein berühmter Jesuitenprediger, dessen Predigten in vielen Auflagen veröffentlicht wurden und mindestens zwei Jahrhunderte lang als Vorbild und Muster dienten.

scheinung eines leuchtenden Kreuzes am Himmel die Erfüllung seines Strebens verhieß; Leo der Große, der die Horden Attilas dank dem rechtzeitigen Eingreifen der himmlischen Heerscharen zurückschlug. Wiederauferstandene Verdammte, welche die Lebenden durch angesengte Nachttische und Dielenbretter warnten, um unversehens wieder in den jäh auflodernden höllischen Flammen zu verschwinden. Rousseau und Voltaire, verflucht in alle Ewigkeit. Manzoni, als Scheinheiliger letzter Sorte zitiert. Die priesterliche Gestalt von San Giovanni Bosco, der sich wie durch ein Wunder aus einem Meer von wilden, hemdärmeligen Arbeitermassen (pfui, die Schamlosen!) erhob, die auf Grund irgendwelcher materialistischer Theorien eines gewissen Marx zu rebellieren wagten. Richtig. Aber wer war denn dieser Marx, der so viel Macht über die Arbeiter gewann, dass er sie gegen ihre herzensguten Arbeitgeber aufzuhetzen vermochte?

Marco sah es wieder vor sich, das Pfäfflein, an dessen Lippen alle in ehrfürchtigem Schweigen hingen, wie es mit den Armen fuchtelnd und laut brüllend eiferte: gegen die unanständige Kleidung, die Entwürdigung des Sonntags, die anarchistischen Ideen unserer Zeit, die Verderbnis der modernen Menschheit, die zu einer neuen Sintflut verdammt sei, sofern sie nicht betete und Buße tat, wie es schon Jeremias gelehrt hat … Und er wandte den Blick zum Fichtensarg, zu der armen Tante, die diesem Redeschwulst bebend und zitternd gelauscht hatte. Jetzt erst begriff er mit nachträglich bedrücktem Herzen, wie die Tante unter seinem Abenteuer mit Giovanna gelitten haben musste. Denn so steht es um die Seelen, die Gott um ihrer heldenhaften Frömmigkeit willen auserlesen hat, die unter den Händen weiser Beichtväter rein wie Lilien heranwachsen, durch leidenschaftliche Streitreden in ihrem Glauben befestigt und durch einen undurchdringlichen Panzer von Hässlichkeit gegen alle Anfechtungen geschützt: sie müssen um andere leiden, und sie tun es, sie leiden aufrichtig um alles, was zum Leben aufruft und, ach Gott!, fleischliche Versuchung, Sünde, ewige Verdammnis bedeutet!

Giovannas Ankunft in Aldrione wurde eines Abends, nach dem Rosenkranz, von Leonilde auf dem Dorfplatz verkündet, nachdem sie in Erwartung des günstigen Augenblicks mit ihrem fetten Hintern lange auf der Steinbank herumgewetzt hatte, auf der sich seine imponierenden Massen ausbreiteten. Besagte Leonilde, die so hässlich war wie Tante Domenica, ohne jedoch ihre religiöse Gelehrsamkeit zu besitzen, die im Beistand kalbender Kühe nicht so bewandert war wie Letizia und nicht wie Mariangela mit der charismatischen Fähigkeit begabt, verrenkte und verstauchte Gliedmassen zu heilen, hatte dennoch, ganz abgesehen von der Üppigkeit ihres Hinterteils, eine besondere Eigentümlichkeit, die sie vor den anderen frommen Frauen des Dorfes auszeichnete. Leonilde war nämlich die leibliche Kusine einer Frau, die mit einem Buchhalter in der nahen Stadt Locarno verheiratet war. Vermutlich ein ganz unbedeutender Mensch, wie Marco heute dachte, der sich aber von Zeit zu Zeit mit seinem Spazierstock und eleganten Gamaschen über den Lackschuhen im Dorf sehen ließ. In den Gassen, durch die unsere Kühe zur Tränke wandern, sind Gamaschen nicht besonders nützlich, sie zwingen ihren Besitzer nur, bei jedem Schritt aufzupassen, dass er sie nicht schmutzig macht, doch umso mehr wurden sie in Cavergno bewundert. Außerdem wurde Leonilde auch ab und zu in die Stadt eingeladen, in den Palazzo, in dem der Buchhalter eine Mietwohnung innehatte, und so oft sich die Gelegenheit bot, wurde sie nicht müde, diese Pracht zu beschreiben, die Teppiche, die Fauteuils, in denen man (kein Wunder bei ihrem Gewicht!) geradezu versank, den Kühlschrank, der viel praktischer ist als ein Keller! Ihr Publikum hörte hingerissen zu. Dass es so was überhaupt gibt! Besonders die Teppiche! Und der Fußboden, der aus kleinen Eichenbrettchen zusammengesetzt ist, so groß ungefähr, im Fischgrätenmuster, ihr solltet sehen, mit welcher Genauigkeit, es ist kaum zu glauben! Das ist etwas anderes als unsere Dielen aus Lärchenholz, Parkee nennen sie es.

Mit der Wichtigkeit, die eine rechte Klatschbase einer unerwarteten Neuigkeit zu verleihen weiß, verkündete Leonilde also zur Bewunderung und zum Neid ihrer Freundinnen, dass die Tochter besagten Buchhalters demnächst nach Aldrione kommen würde, um ihr bei der Arbeit zu helfen. Giovanna hieß sie und war fünfzehn Jahre alt und wurde im Pensionat, in einer Klosterschule in Zug, erzogen. In Zug! Ja, dort oben bei Einsiedeln (Ensilden hieß es in ihrer Aussprache), wo so viele Leute hinpilgern, aber wo nähme unsereiner das Geld dazu her! Vielleicht wird es ihr in Aldrione gar nicht gefallen, die haben doch dort asphaltierte Straßen, und wir mit unserem Kuhmist überall! Und die Steine, die Schlangen, das Dornengestrüpp! Die wird dir am Ende gleich wieder ausreißen! Und Giovanna, was für ein schöner Name! Ein echt christlicher Name, aber wir würden doch nie draufkommen, unsere Mädchen so zu nennen. Immer nur Angela, Mariangela, Anna und Maria. Freilich jetzt beginnen sie mit so neumodischen Namen. Alma, Nives, Stella, Mara – hat man je so etwas gehört? – «Ist sie hübsch?» hatte Marco unvermittelt gefragt. Und da Leonilde, sichtlich zerstreut, einen Augenblick zögerte, ehe sie ihr «Ja» sprach, und Domenica unwillkürlich einen fragenden Blick zuwarf, hatte diese dem Jungen prompt eine theologische Antwort erteilt: «Muss sie hübsch sein, damit du mit ihr umgehst? Wart, dann siehst du es selber. Man muss die Menschen nehmen, wie sie sind.»

Aber der Name hatte es ihm schon angetan, und er weihte ihm alle seine zärtlichen Gedanken und Hoffnungen und trug ihn beim Heuen auf sämtlichen Wegen mit in seinem Herzen herum, was sich äußerlich sichtbar in Zerstreutheit, Seufzern und ähnlichem zeigte. Tante Domenica war in Liebesdingen zu unerfahren, um das sonderbare Gehaben des Jungen zu begreifen, und redete ihm zu, tüchtig zu essen. Was Maria betraf, musste sie etwas mehr von heimlich geflüsterten Worten und verstohlenen Blicken wissen, vielleicht sogar von liebkosenden Händen, die schüchtern über die Schenkel strichen, immer höher und höher, bis ... Wer weiß? Diese Hände, diese Liebe hatte sie an Amerika verloren, die Ärmste, mit dem unbestimmten Versprechen, wieder heimzukommen (ach, an jenem Tag war es nicht unbestimmt gewesen! Aber wenn man wartet, scheint die Zeit stillzustehen, und inzwischen verschleißt sie mitleidlos die Gefühle und das hübsche Aussehen ...), und jedermann wusste, dass sie seit zwanzig Jahren wartete, eine Penelope ohne Webstuhl und ohne Freier. Maria war in ihrem Kummer und ihrer Gutmütigkeit nicht imstande, moralische Ablenkungen für sich auszuhecken, wie ihre ältere Schwester es tat. Sie konnte sich also ganz ihren Träumereien überlassen, unterbrochen von Anfällen jäher Reue, dass sie zu weit gegangen sei – so dass sie, kaum dass sie abends im Bett lag, inbrünstig zu Gott betete, er möge ihr die Kraft geben, der Versuchung zu widerstehen.

Und während die Zeitgenossen von Marx und Freud Bücher schrieben und ihre Lehre verbreiteten, las Tante Domenica dem Knaben die düstere Ermahnung vor, die eigentlich für weibliche Wesen bestimmt ist: «Empfindest du nicht jeden Abend eine gewisse Bedrückung beim Gedanken an die fast unheimliche Stille, die dich bald umgeben wird? Dein Bett in der Form eines Grabes, der Schlaf, der dich von der ganzen Welt scheidet, das Auge Gottes, das auf dir ruht ... Macht dir das alles keinen Eindruck? Es gibt manche, die, in ihrem Schlafgemach angelangt, leise den Rosenkranz beten, um sich unter den Schutz der allerheiligsten Jungfrau zu stellen, oder ihr Lager mit Weihwasser besprengen, um den Bösen und die üblen Gedanken davon fernzuhalten ...» Auch gab es in Aldrione in jeder Schlafkammer ein Weihwasserkesselchen, zu ebendiesem Zweck oder damit man sich wenigstens mit diesem mächtigen Hilfsmittel der Kirche bekreuzigen konnte, bevor man sich dem tollkühnen Abenteuer des Schlafes überließ.

Giovanna war also von widersprüchlichen Hoffnungen erwartet in Aldrione eingetroffen, und Marco begegnete ihr eines Tages unvermutet, in der Mittagsstunde, wenn die meisten Leute ihrer Müdigkeit eine kurze Rast gönnen, in jener täglich wiederkehrenden Reglosigkeit, die nur von den Hühnern durchbrochen wird, bis dann das immer lauter ertönende Dengeln der Sensen in den schattigen Gässchen ihr Ende anzeigt: eine Sense nach der anderen wird geschärft, dass es wie das Zirpen der Grillen und Heuhüpfer im Sonnenschein klingt, ein endloses Flügelschwirren, um den winzigen, übers Gras streifenden Flugmotor à la Wright in Gang zu halten. Marco, der diese leere Stunde hasste, strich barfüßig und gelangweilt um die Häuser herum, von einem Durchlass zum anderen, um nach Gesellschaft auszuschauen, stieß aber dabei nur auf die Hühner, die vorsichtig in die Gassen vordrangen, wobei sie erst das eine und dann das andere Auge in Blickrichtung brachten und die Füße behutsam aufsetzten, als wüssten sie, dass die Menschen ausruhten; was sie aber nicht davon abhielt, bei jeder Begegnung mit dem Jungen unter gewaltigem Geflatter, Gegacker und Gekrähe einen Höllenspektakel zu veranstalten. Er seinerseits ging leise weiter, in seiner melancholischen Stimmung voller Rücksicht auf die anderen, die im Schlaf Vergessen fanden.

Dann stand er plötzlich Giovanna gegenüber, in einem dunklen Bogengang zwischen zwei Häusern, einem überdachten Gässchen, wo man nicht aneinander vorbeikonnte, ohne sich zu streifen. Er hörte sie mehr, als er sie sah, und roch vor allem den Duft ihrer Seife, was damals für ihn etwas Unbekanntes, Erregendes war. Während sein Herz immer drängender schlug, erblickte er sie schließlich im Gegenlicht, die schmale Gestalt in einem Röckchen, das kürzer als üblich war, vielleicht auch weil das Mädchen es ausgewachsen hatte. «Du bist Giovanna!» – «Und du bist Marco!» – Sie war ans Licht hervorgetreten und stand nun eine Stufe höher als er, als wollte sie sich zeigen, wie sie war, die braungebrannten Beine, das rosagestreifte, ein wenig verwaschene Röckchen, die kurzärmlige Bluse, die ihm von raffinierter Eleganz zu sein schien, so dass er plötzlich über seinen eigenen ärmlichen Anzug und seine bloßen Füße bestürzt war. (Dabei hatte man ihr die Bluse und die anderen Kleider sicher nur deshalb nach Aldrione mitgegeben, weil sie schon abgetragen waren.) Und darüber das Oval des Gesichts mit den schwarzen Augen, die ihn neugierig anstarrten.

Es sind lange Sekunden, in denen die Blicke von zwei

sehr jungen Menschen sich begegnen und in wechselseitiger Verlegenheit, wie sie niemehr wiederkehren kann, einander prüfen. Marco erinnerte sich stets dieser Sekunden, die ihn sämtliche Empfindungen der ersten, absoluten, unabwendbaren Verliebtheit auskosten ließen, während die alten Mauern von Aldrione in ihrer südlich antiken Mittagsstille freundlich auf sie herabblickten. Heute suchte er sich vergeblich einzureden, dass jede Liebe eine möglichst zu vermeidende Krankheit ist, die unter anderem bewirkt, dass die armen Katzen von vorbeirasenden Autos zerquetscht werden und dass zwei Schafe starrsinnig mit den Köpfen gegeneinander losgehen, bis beide völlig betäubt sind oder ihre Hörner sich so unlösbar ineinander verwickelt haben, dass keines sich mehr rühren kann und sie unter den ziehenden Wolken, in der Stille der Alpweide dastehen und auf den Hungertod warten ...

Jetzt blickte er zu Giovanna hinüber, die auf der anderen Seite des Kirchenschiffs, ein wenig weiter vorn stand, und verschloss die Augen vor dem, was er von ihrem kräftigen, anmutigen Körper und ihrem Haar sehen konnte, das nicht «golden im Winde flatterte», sondern kastanienbraun war und sich, wie er noch gut wusste, ganz weich anfühlte. Aus Ehrfurcht vor dem Apostel Paulus hatte sie es mit einem dreieckigen gemusterten Seidentüchlein bedeckt.*

*Das Gebot, dass Frauen in der Kirche ihr Haupt zu bedecken haben, ist in einem der Paulus-Briefe enthalten.

Schon verfiel er wieder dem alten Zauber und vermochte nicht einmal zornig zu werden, als er merkte, dass er genau das tat, was er nicht hätte tun sollen: den begehrten Gegenstand betrachten und in seinem Inneren das Bild der engelhaften Gestalt heraufbeschwören, der er in Aldrione begegnet war …

«Ich hatte Angst vor den Schlangen!» Das waren ihre ersten Worte, während sie sich bückte, um die Schuhe auszuziehen; zwei entzückende nackte Mädchenfüße schlüpften hervor. «Aber wenn du keine trägst …» Dann hatte sie die Schuhe aufgehoben und unter leisen kehligen Ausrufen die Wärme der Steinfliesen und das Kitzeln der Gräser ausgekostet. Mein Gott, konnte es auf der Welt etwas Schöneres geben? So waren sie zusammen bis zu Leonildes Haus gegangen, und dort stand er, von ihrem Geplauder und ihrem Schweigen völlig hingerissen, und vergaß die ganze übrige Welt, bis mit einem mal Tante Domenica erschien: «He, Marco, und unser Heu?» – Hier verschlug es der armen Tante die Rede, sie starrte erbleichend auf die nackten Knie des Mädchens. Skandalös! Ein winziger Augenblick nur – so ähnlich wie der tödlich getroffene spanische Milizsoldat*, der aufrecht, *con la cara al sol,* «das Antlitz der Sonne zugewandt», als rechter Krieger fällt und von der Kamera, klick!, gerade noch rechtzeitig erwischt und zur Bewunderung der Nachwelt verewigt wird. Doch sie hatte nichts mehr gesagt, sondern dem Ärgernis nur

*Bezieht sich auf den Spanischen Bürgerkrieg.

brüsk den Rücken gekehrt, um sich unter halsbrecherischem Verheddern ihrer Zeugpantoffeln auf ihren täglichen Kriegspfad zu stürzen. Marco blieb nichts übrig, als der schwarzen Wolke, die ihm voranfuhr, nachzurennen.

(Das Gewitter brach dann abends Leonilde gegenüber aus: «Eine feine Klosterschülerin ist das, mit ihren unanständigen Kleidern, ein schönes Beispiel gibt sie! Haben deine reichen Leute in Locarno vielleicht nicht das Geld, um Stoff genug zu kaufen?» Doch Leonilde hatte ihr wacker die Stirn geboten: Die Welt wäre nicht in Aldrione zu Ende, und ob man etwa für ein Mädchen im Wachsen jeden Monat ein neues Kleid kaufen könnte? Übrigens sei dieser Rock, ja just dieser, einer, den sie in Zug getragen hätte. – «Im Pensionat?» – «Ja, im Pensionat, bei den Schwestern von Königshofen. Aber du bist da vielleicht besser informiert?» – Das Argument verfehlte seine Wirkung nicht, und Tante Domenica hatte ihre Federn geglättet und geschwiegen, wie ein guter General, der zwar eine Schlacht verlieren kann, aber die Würde eines Mannes, der für die gerechte Sache kämpft, zu bewahren weiß. Vielleicht hatte sie auch einmal etwas von den Konzessionen gehört, die die Kirche dem weltlichen Prunk immer wieder zugestehen muss, wenn sie sich auf die Dauer oben halten will; was ihr ja bis jetzt tatsächlich gelungen ist.)

Das Heuen ging mit dem zähen Fleiß der Bergbauern weiter, die wohl wissen, dass eine einzige Wetterlaune um diese Jahreszeit für die noch halbleeren Keller und

Scheunen einer ganzen Talgemeinde die Katastrophe bedeuten kann; dann wird das tägliche Brot noch kärglicher, und die Kuh verkauft man einem, der aus anderer Leute Unglück Nutzen zu ziehen versteht. Das Wiesenland rund um den Weiler war ausgedehnt, von Hunderten sich verzweigenden und wieder zusammenlaufenden Wegen und Weglein durchzogen, die immer weniger ausgetreten waren, je mehr sie sich von den Häusern entfernten, bis sie sich schließlich im Wald verloren. Doch das Gras reifte nicht überall gleichzeitig, so dass die Bauern gewisse Wiesen zuerst in Angriff nehmen mussten. Daher traf es sich leicht, dass die Heuernte sie am gleichen Ort vereinte – ein Umstand, den Marco in diesen Tagen gebührend schätzen lernte, denn mit einem Mindestmaß an Schlauheit konnte er, wenn er in der Frühe des Sommermorgens mähte oder das Heu wendete, herausfinden, wo Leonilde und Giovanna tagsüber arbeiten würden.

Die schöne, mannigfach gegliederte Landschaft, die von den Talbewohnern bis in den letzten Winkel blankgeputzt wurde, wie die Essschale eines Hungernden, war durch Mäuerchen und Baumreihen geteilt, mit Haselnusshainen und anderem Buschwerk durchsetzt; und rundherum der Wald, so dass man nicht recht wusste, ob seine dicht belaubten Ausläufer ins Wiesenland vorstießen oder ob nicht umgekehrt die Wiesen in sein geheimnisvolles Dunkel eindrangen und kleine Lichtungen schufen, die zu Träumen von ländlicher Liebe verlockten. Marco wurde nicht müde, immer neue

Kriegslisten und Vorwände zu ersinnen, um mit Giovanna zusammenzutreffen. Dabei kam ihm nicht nur die Arglosigkeit der Tanten und die Vielfältigkeit des Geländes zugute, sondern auch die nicht minder eifrigen Bemühungen des Mädchens, seine Bewegungen zu erraten, um sich dann an einem verschwiegenen Plätzchen von ihm überraschen zu lassen. Davon wusste und ahnte er aber nicht das geringste und zupfte in seiner Herzensnot Margeriten aus: «Sie liebt mich, sie liebt mich nicht.» Einmal hatte er das bei einer Begegnung mit ihr getan und enttäuscht das letzte Blättchen ausgerissen: «Sie liebt mich nicht!» Giovanna aber hatte lachend gerufen: «Doch, sie liebt dich!» So war es zum ersten Kuss gekommen, hinter einem freundlichen Haselnussdickicht und sozusagen mit den Lippenspitzen.

Ein anderes Mal erblickte er sie oben auf einem der großen Felsblöcke, die man nur im Valbavona antrifft. In alten Zeiten hat der Hunger die Menschen bewogen, korbweise Erde hinaufzuschleppen und winzige Rasenfleckchen anzulegen, Miniaturwiesen, die gerade ein paar Handvoll sonnverbranntes Heu liefern. Dort oben stand Giovanna allein und rief ihm zu, er solle auf sie warten, sie sei gerade mit der Arbeit fertig. Dann kletterte sie ohne Eile hinab, so dass er von unten, im durchscheinenden Schatten des Kleides, ihre Schenkel sehen konnte, bis hinauf zu dem weißen Streifen, der mit knapper Mühe das verbarg, worauf sich seine letzte, uneingestandene Begierde richtete; eine Sünde, Gott verzeih mir, die er bisher abgewehrt hatte, die aber immer bedrohlicher näherzurücken schien, bis das Mädchen unten auf der Wiese angelangt war. Da hatten sie die Tragkörbe abgestellt und einen verborgenen Winkel gesucht, wo ihre nicht mehr schüchternen Lippen und ihre zitternden Körper sich fanden. Nun sündigten sie nicht nur mit begehrlichen Gedanken, sondern mit Worten und Taten, unter tiefen Seufzern, und halfen sich gegenseitig, ja auch das Mädchen, um die sündige Sinnenlust zu befriedigen.

—

Der unerwartete Ausbruch des *Dies irae,* das dröhnend von der blauen Kuppel widerhallte, riss Marco jäh aus seinen Gedanken. Nach der feierlichen Inthronisierung des Priesters *in cornu Evangelii* (mitsamt den entsprechenden wütenden Blicken auf die unbotmäßigen Chorbuben) setzte sich auch die Gemeinde, mit einem Geräusch, das von der Apsis bis zur Tür im Hintergrund, der sogenannten Frauentür, verlief. Nur Giovanna blieb stehen und drehte sich nach ihm um, und diesmal erwiderte Marco ihren Blick, bis auch sie Platz nahm, *teste David cum Sibylla,* wie David und die Sibylle es bezeugen … Zum Glück waren nur sie beide Zeugen der Ereignisse, die er sich jetzt am Sarg der armen Tante ins Gedächtnis zurückrief.

Die Frauen respondierten: *Quantus tremor est futurus, quando Judex est venturus, cuncta stricte discussurus.* Welches Zittern und Beben wird herrschen, wenn der göttliche Richter erscheint, um strenges Gericht zu halten! Er dachte beiläufig, die Alchimie der liturgischen Neuerer, die hofften, durch eine Übersetzung der gewaltigen lateinischen Worte in die Alltagssprache eine größere Beteiligung des christlichen Volkes zu erreichen, wäre von vornherein zum Scheitern verdammt. Die Priester wissen nicht mehr, dass die Übermittlung einer geheiligten Botschaft nicht an das Verständnis der einzelnen Zeichen, die sie bilden, gebunden ist. Aber das war nicht seine Sache ... Als letzter setzte er sich hin, während er mit seinen Gedanken in das Tal seiner Jugend zurückkehrte.

Dort draußen vor der Kirche lag es wie ein offenes Bühnenbild, das sich in einer Folge beinahe symmetrischer Kulissen von den Häusern bis in den Hintergrund, zur majestätischen Großartigkeit des Sevinera mit seinen vor dem Himmel gleißenden Eismassen und dem leichten Gedankengewölk um die weise Stirn erstreckte. Der mächtige Berg war noch leblos, im Winterfrost erstarrt, bis auf die Gemsen, die herabgeklettert waren, kaum einen Büchsenschuss über den menschlichen Behausungen, winzige schwarze Punkte, die nur der Jäger, der den Hang langsam und systematisch mit dem Fernrohr absucht, zu entdecken weiß, so dass er zusehen kann, wie sie mit lang gestrecktem Hals das vom Wind bloßgelegte dürre Gras auf den Steilhängen abrupfen oder an den holzigen Spitzen der Sträucher knabbern, die vom ersten, zarten Saft der Knospen schwellen. In wenigen Wochen würde der Frühling auch diesen kahlen Höhen Wärme und Leben schenken, die schäumenden Gießbäche befreien, Wälder und Matten mit hellem Grün bekleiden, immer höher hinauf, bis zu den letzten Lärchen, bis zu den Alpweiden und Gletschermoränen, bis zu Stellen, die noch kein menschlicher Fuß betreten hat, wo erst im Juli neues Leben erblüht, das überirdische Blau des Himmelsherolds, die leuchtende Nelkenwurz, das schneeige Hornkraut, Wunder an Schönheit, die auf den steilen Geröllhalden bebend dem eisigen Wind standhalten.

Doch wieder wallte Bitterkeit in ihm auf. Die Alpweiden, die er von Herden und Hirten bevölkert gesehen hatte, lagen jetzt verlassen, die Alphütten verfielen, die Pfade verschwanden im wuchernden Strauchwerk. Vielleicht dass noch hie und da der Schlag des seltenen weißen Rebhuhns ertönte, das im Heidelbeergestrüpp verborgen seine Brut zusammenruft – ein freundlicher Klang in der öden Verlassenheit.

Der Talgrund hingegen ist von Autos verseucht, großmächtigen Mercedes und unverschämten Kleinwagen, die nach nichts aussehen, doch jederzeit bereit sind, unter lautem Türenschlagen und echt lateinisch schrillen Lärmexplosionen siebenköpfige Familien auszuspeien. Die ganze Gesellschaft, Vater, Mutter, Schwestern, Tanten, Schwiegermütter, Gevatterinnen, mitsamt der unschuldigen Brut, macht sich unverzüglich an die Eroberung des Lebensraumes, die Männer voran, dahinter das Gewoge der vom langen Sitzen geröteten weiblichen Hinterbacken. Der Badeanzug hält nur mühsam das Übermaß der in Fett verwandelten *pastaasciutta* über einem Netzwerk von Krampfadern zusammen. Mit Sombreros angetan, auf Absätzen, die aus einer Zwergin eine Vogel-Strauß-Madame machen, in Schweiß gebadet, der mit der Scheußlichkeit billiger Desodorants um die Wette stinkt – so kommen sie in ganzen Horden daher, ihren Nabel zur Schau tragend, die heilige Stille verschlingend. Auf dem grünen Rasenteppich, der in mühsamer, generationenlanger Arbeit geschaffen und immer feiner geglättet wurde, tun sie, als ob sie zu Hause wären, breiten Handtücher aus, zünden Lagerfeuer an, strecken sich lang aus, trampeln herum, spielen Ball und Federball, und dann – mal alle los! – ziehen sie auf Entdeckungsreise aus und durchstöbern die nächste ländliche Ruine, deren Tür schon eingebrochen ist – vielleicht lässt sich doch noch eine alte Kaminkette erobern. Und wenn sie sich endlich zum Abzug entschließen, die Schweine, lassen sie ihren ganzen Unrat zurück: Papier, Einkaufstüten von der «Rinascente», Zeitungen, Plastikflaschen, ausgequetschte Tuben, zerbrochene Gläser, gebrauchtes Toilettenpapier und Damenbinden, wohl um zu zeigen, was sie anstelle der Kastanien und Pilze, die sie von diesem Ort weggeschleppt haben, zu produzieren wissen. Vielleicht haben sie sogar den traurigen Mut, den Autokoffer mit den schönen Holzscheiten vollzustopfen, die der Älpler im Vertrauen auf die menschliche Ehrlichkeit am Rand seiner Waldwiese aufgeschichtet hat. Marco malte sich mit Wonne eine wohl organisierte Miliz von Talbewohnern aus, ausgerüstet mit scharfen Messern, zum Zerschneiden von Pneus – à la guerre comme à la guerre. Und mit Schrotflinten, um flüchtende Popobacken zu durchlöchern.

Er ließ sich aufatmend zurücksinken, erleichtert und befriedigt, dass er sich eins mit dem Bauern fühlte, der in seinem tiefsten Inneren wohnte; so einer mit wildem Schnauzbart und Räuberhut, der brüllend aus seinem Hof herausstürzt, wenn jemand sein Gras zertrampelt, seine Wiese verunreinigt, sein Vieh erschreckt ...

Doch dann kam es ihm in den Sinn, dass die Invasion aus dem Süden, im Gegensatz zu der vorausgegangenen nördlichen, die freundlicher empfangen wurde, weil sie reicher und nicht so lärmig war, aus Leuten von Mailand, Como, Varese und aus den unglückseligen *terroni,* den Süditalienern, bestand, die das Schweizer Kapital in die Falle der Grenzgängerarbeit gelockt hatte. Vielleicht war es den armen Teufeln durch Liebedienerei und diverse kleine Machenschaften endlich gelungen, die erste Stufe auf der Leiter der bürgerlichen Statussymbole zu erklimmen: den Kleinwagen und das Picknick oder Weekend im Grünen, wovon sie im Höllenlärm der Pleuelstangen und Schlagbohrer, der Kompressoren, Presslufthämmer und Sirenen träumen. Und im Rauch, der die Lungen erstickt. Aber heute ist Feiertag, man schmaust, man trinkt! Man schmeißt die Sardinenbüchse mit dem aufgerollten Deckel und dem ranzig werdenden Öl darin weg, man schmeißt die Brotkanten und Salami- Anschnitte weg – in einer Gegend, wo ganze Elendsgenerationen noch die harten Käserinden sorgsam in kleine Bissen zerteilten. (Und die Frauen sammelten die Krümchen in der Schürze, um sie nach der Mahlzeit mit dem angefeuchteten Zeigefinger zu einem Häppchen zusammenzutippen und zierlich zum Mund zu führen – auch das war noch Nahrung.) Dahin die sorgsam rechnende Sparsamkeit, die einfach eine lebensnotwendige Maßnahme war, so wie die Gemsen angesichts der tödlichen Gleichmütigkeit des Berges ihre Maßnahmen treffen müssen. Dahin das Erbe der

Stille, das deine Kindheit behütet hat, Marco, und mit wem willst du deswegen anbinden?

Stille und Maß hatten die Gestalt der Wohnstätten bestimmt, die sich längs des Saumpfades von Cavergno nach Aldrione aufreihten und an klaren Herbstabenden die bläuliche Wärme ihrer Schläfrigkeit aus ihren Schornsteinen ausatmeten; die Zärtlichkeit, mit der man von den Felsabstürzen auf sie hinabblickte, hatte ihnen Namen verliehen, die an Grün und Ausruhen denken ließen – Mondada, Alnedo, Fontanellata, Piano –, mit der ganzen sehnsüchtigen Bedeutung, die Begriffe wie *Piano,* «Ebene», und *Prato,* «Wiese», für Menschen annehmen mussten, die im Lauf eines Jahres ihre beiden Füße nur selten auf das gleiche Niveau setzen konnten. Mit einem ganz neuen Gefühl, der zärtlichen Ergriffenheit des Exilierten, zählte er sie alle in Gedanken auf, diese Ortsnamen, die sich in seiner Erinnerung als kleine Weiler oder Höfchen, als vereinzelte Scheunen und Hütten in waldumringten Lichtungen darstellten.

Doch der Saumpfad war zu einer Fahrstraße ausgebaut worden, zur Freude der Einwohner, die sich nicht genug beeilen konnten, ihr Tal zurechtzustutzen, es großartiger und schöner zu machen – nämlich die alten Pflastersteine und die ehrwürdigen alten Mauern mit Zement auszugießen, Türen und Fenster zu vergrößern, ein Vordach für das Auto anzubauen.

Auch der Dorfplatz von Aldrione, der einzige richtige Platz im ganzen Tal, nicht viel größer als ein bürgerlicher Tanzsaal, auf dem sich in Marcos Kindheit die gesamte Einwohnerschaft vor und nach dem Rosenkranz versammelt hatte, war der Schändung nicht entgangen. Marco suchte sich zu vergegenwärtigen, wie er damals ausgesehen hatte: graue Steine, von Eidechsen bewohnt, mit bunten Moosen und Flechten geschmückt, in der edlen Form einer Trinkschale, die von der Sonne erwärmt wurde, der Sammelpunkt aller Treppen, die vom ersten Stock der ihn umgebenden Häuser ins Erdgeschoss führten. Die eine Seite des Quadrats war gänzlich von der Fassade der Kirche ausgefüllt, so dass als eigentlicher Platz nur ein paar Quadratmeter Kopfsteinpflaster übrig blieben. Ringsherum stiegen die Stufengässchen wie ein Miniatur-Amphitheater auf und bildeten natürliche Sitzplätze, wobei jeder die Stufe wählte, die seiner Müdigkeit angemessen schien.

Dort fand sich also jeden Abend das ganze Dorf zusammen, ausgenommen die Kleinsten, die man mit einem letzten Kreuzzeichen auf die Stirn in ihren mit Buchenlaub ausgepolsterten Bettchen zur Ruhe gebracht hatte, wenn die Glocke beim Eindunkeln zum Rosenkranz rief. Die Abendglocke, die rücksichtsvollerweise zweimal läutete, bildete das allgemeine Zeitzeichen; die einen warteten darauf, während sie vor ihrem Haus beim Abendessen saßen, andere hatten sich noch auf dem Feld verspätet. Das Intervall gab allen die Möglichkeit, sich gleichzeitig auf dem Platz einzufinden, gleichsam als Bestätigung, dass der Tag zu Ende war und der Feierabend mit dem gemeinsamen Gebet eingeleitet werden konnte.

Gebetet wurde in der Kirche. Dort brannten zwei Wachskerzen, die nur wenig Licht verbreiteten, aber den ganzen Raum mit ihrem friedlichen Duft erfüllten. Zwei Reihen Bänke, die Männer auf der einen Seite, die Frauen auf der anderen, im matt flackernden Kerzenschein, der so gut zu den müden Gliedern und den vom Schlaf beschwerten Lidern passte. Draußen blieb der Abend allein zurück, um dem Volk der nächtlichen Insekten zu lauschen, die mit heimlichem Gesurre in Gras und Gebüsch und feinem Zirpen im Gemäuer, in den schmalen Gässchen, überall, den Platz der Sonnenanbeter eingenommen hatten.

Gewöhnlich begann Tante Domenica das Gebet mit einem peremptorischen *Deus in auditorium meum intende,* das die Geräusche des Eintretens und Platznehmens übertönte, bis das letzte Geflüster im brausenden Chorgesang *Domine ad adiuvandum me festina* untergegangen war. Das war ihr stillschweigend anerkanntes Recht als Religionslehrerin, sofern ihr nicht irgendein raschentschlossenes und vielleicht auch ein bisschen boshaftes Mädchen zuvorkam, um die Geschichte schneller abzumachen; denn die gute Tante hatte außer dem Rosenkranz, den sie, mit besonderer Betonung auf dem *benedicta* und *benedictus,* Buchstabe für Buchstabe rezitierte, immer noch ein Häuflein Paternoster, Ave und Gloria anzubringen: für die Gunst der Jahreszeit, für die Kranken, die Abwesenden, die Sterbenden, die Seelen im Fegefeuer, die Sünder, für jene, die uns Gutes, und jene, die uns Böses angetan haben, zur Abbitte von gotteslästerlichen Reden, fleischlichen Sünden und schamloser Kleidung, zur Fürbitte für die Berufung der Geistlichen, die Bekehrung der Ungläubigen, für den Frieden, für alle Lebenden und Toten – immer noch ein *Pater,* ein *Ave,* ein *Gloria,* es nahm kein Ende. Hier und dort schlief schon jemand ein. Es entstand eine leise Unruhe, man unterbrach sich im Gebet, um einander auf einen nickenden Kopf aufmerksam zu machen, der in dem zittrigen gelben Licht einer Skizze von Daumier glich. Das war etwas, was die Tante nicht vertrug, sie erhob die Stimme und rezitierte nur noch langsamer und nachdrücklicher ein weiteres *Pater.* Alles atmete auf, wenn sie mit ihrer dünnen, scharfen Stimme endlich zu singen begann:

*Dal tuo stellato soglio*
*Maria rivolgi a noi*
*Pietosa i guardi tuoi*
*Per una volta sol.*

*E se a pietade il core*
*A mover non ti senti,*
*Allor noi siam contenti*
*Che non ci guardi più.*

Als Marco jetzt die beiden Strophen mit ihrem leicht opernhaften Anhauch rekonstruierte, fiel es ihm wieder ein, dass er als Kind das Lied lange nicht verstanden und die gelehrte Tante um eine Erklärung gebeten hatte. Er entsann sich auch ihrer Antwort: «Musst du denn alles ganz genau wissen? Du bist schlimmer als der ungläubige Thomas. Wenn's nur gut gemeint ist, das genügt.» Und bei dieser Erinnerung wandte er den Blick mit neuer Zärtlichkeit dem Sarg zu, dessen stille Bewohnerin nichts mehr hören konnte, nicht einmal das Dies irae. *Tantus labor non sit cassus.* Auch deine Mühe sei nicht vergebens, die du in aller Unschuld mitgeholfen hast, das Leid des Lebens noch drückender zu machen.

Nach Beendigung des Gesangs (der beiden Strophen damals, heißt das, nicht des gegenwärtigen *Dies irae,* das, mit schallender Stimme begonnen, wie es einem so gewaltigen Text zusteht, jetzt merklich abflaute, um in einem letzten, hastigen Gewinsel zu enden) strömten die Leute auf den Platz hinaus, dessen Steine in der sinkenden Dunkelheit die bei Tag eingesogene Sonnenwärme ausstrahlten. Es war die schönste Stunde des Tages, die Stunde der Ruhe und der tröstlichen Gemeinschaft mit den Mitmenschen. Man freute sich darauf, den müden Körper auf dem steinernen Sitz zu entspannen, genüsslich die bequemste Lage zu suchen und die wohltuende Erdenwärme auszukosten. Noch raffinierter und gewissermaßen intimer wurde das Vergnügen durch die Gletscherluft, die dank ihrer eigenen Schwere durch die Klüfte und Schluchten der Gießbäche ins Tal hinabsank, sich über das Land breitete und, schon milder geworden, aber immer noch köstliche Frische ausstrahlend, in die engen Gässchen zwischen die Häuser eindrang. Man spürte ihren Hauch wie eine zarte Liebkosung zwischen Hemd und Haut. Und da war die Gegenwart der anderen und ihr Geplauder, dessen Faden man manchmal verlor, wenn man einen Moment lang mit offenen Augen eindämmerte. Abgesehen von außergewöhnlichen Ereignissen, wenn etwa ein Mensch oder Tier sich in den Bergen zu Tode gestürzt hatte oder ein Kirchenfest stattfand, bestand das Gespräch immer aus den gleichen einschläfernden Betrachtungen über die Heuernte und das Wetter oder, besser ausgedrückt, die ebenso labilen wie komplizierten Beziehungen zwischen den atmosphärischen Verhältnissen und den landwirtschaftlichen Arbeiten. Trockenes Wetter war gut für das Heu, ließ aber die zweite Mahd spärlich ausfallen und das Gras auf den Alpweiden zu hart werden. Große Hitze förderte die Gärung der Käselaiber in den Kellern, trieb aber die Ziegen zu weit in die Berge hinauf. Kühleres Wetter bedeutete unten im Dorf eine Erfrischung, für die Leute auf der Alp jedoch eine trübselige Zeit. Man stellte Vorhersagen an, wiederholte alte Wetterregeln und zitierte den *Pescatore di Chiaravalle,* einen in allen Häusern verbreiteten Kalender, der das Wetter für das ganze Jahr voraussagte und Ratschläge für den richtigen Zeitpunkt von Saat und Ernte gab. Zum Schluss pflegte man mit der üblichen Resignation der Armen alles der Vorsehung anheimzustellen, und die Tante gab ihren Segen dazu. Im allgemeinen aber mischte sie sich nur selten in die Diskussion ein, als stünde sie dank ihrer überlegenen Weisheit hoch über den unwichtigen Dingen, die mittelmäßige Geister beschäftigen. Vielleicht war das der Grund, warum die jüngere Generation sie nicht leiden konnte und niemand sie richtig gern hatte.

Manchmal wurde auch vom Krieg gesprochen oder vielmehr fabuliert, wozu Onkel Clemente, der in seiner Jugend das Meer überquert hatte und jetzt noch immer die Zeitung las, präzise Angaben beisteuerte, die für seine blühende Fantasie zeugten. Mit Onkel Clemente kam das Gespräch bald auf die Auswanderung, und man gedachte der Menschen, die eigentlich hätten dabei sein sollen, indessen aber verschollen waren, Gott mochte wissen, wohin. Bei solchen Anlässen verhielt sich Maria so still und war so ängstlich bemüht, nichts von ihrer Anwesenheit merken zu lassen, dass es Marco bei der Erinnerung einen Stich ins Herz gab.

Aus ganz anderen Gründen blieben auch er und Giovanna stumm. Sie saßen in einem Winkelchen still nebeneinander. Dieses Recht, das sie sich vom ersten Abend an herausgenommen hatten, wurde ihnen von den frommen Frauen um ihrer Gleichaltrigkeit und ihrer gemeinsamen städtischen Bildung willen wohlwollend zugestanden. Im Schutz der Dunkelheit hielten sie einander bei der Hand. Es war ein stummes Gespräch, bestehend aus Druck und Gegendruck der Finger, aus Seufzern und – von Marcos Seite – aus schüchternen Versuchen, Giovannas Knie und noch ein bisschen höher hinauf zu streicheln, die von ihr sanft abgewehrt wurden. Doch manchmal geschah es, dass dieser geringe Widerstand gänzlich erlahmte, dass sich Giovanna mit gelöstem Körper an ihn schmiegte und ihn mit weit aufgerissenen Augen ansah, die in der Finsternis der undeutlichen Spiegelung des Himmels in einem tiefen Gewässer glichen.

Damals hatte Marco sich mit dem Gedanken abgefunden, im Zustand ständiger Todsünde zu leben. Er hatte die Hoffnung aufgegeben, dass es ihm jemals möglich sein würde, seine leidenschaftliche Begierde nach Giovannas Körper «mit tiefstem Schmerz, das heißt mit innigstem Bedauern, weil ja die Sünde das größte aller Übel ist» zu bereuen. Und als er jetzt, nach so vielen Jahren, zu ihr hinblickte, während sie sich von ihrem Platz erhob, fand er diese Begierde unvermindert, gleichsam wie einen vertrauten alten Schmerz in sich wieder.

Alle erhoben sich; widerwillig, dachte er mit einem Blick auf die Uhr, weil sich das Geräusch nun viel langsamer vom Altar bis in den Hintergrund fortpflanzte. Doch dann ertönte in der wiedereingetretenen Stille ein *Vere dignum et iustum est* wie bei der Quarantore-Messe. Die gregorianischen Verschnörkelungen der drei Grundtöne beschworen in ihm das Bild alter Klostermauern herauf und erfüllten ihn mit reinem Glauben. Trotz Krieg und Hunger, trotz Folterungen und Konzentrationslagern, trotz den Vorurteilen und den Ängsten, welche die Hand der Bedrücker führen und die Bedrückten zum Gehorsam zwingen; trotz dem Tod, der hier, in der Gestalt Deiner Magd Domenica, unter uns weilt – allem zum Trotz ist es geziemend und richtig, dass wir Dir Dank sagen, allmächtiger, ewiger Gott, und Dich im Verein mit Deinen Engeln und Erzengeln preisen für das Geschenk des Lebens, das sich ewig erneuert ... Doch das *Sanctus* klang tot, matt und abgehackt. Die Sonne in ihrer unendlichen Glorie war draußen geblieben.

—

Das Erlebnis hätte dort, am Saum des verwaschenen Baumwollröckchens, im Dunkel des Dorfplatzes enden können. Vorstellbar wäre auch eine spätere Heirat gewesen: er etwa als Schullehrer, der sein Genügen an der Zeitung, der Kartenpartie im Wirtshaus, den gelegentlichen Besuchen des Schwiegervaters mit den weißen Gamaschen gefunden hätte, an den Neuigkeiten aus Locarno, die dieser mitbrachte, vom Advokaten, vom Onorevole, vom Signor Bernasconi ... Zum Trost hätte er diesen reizenden Körper immer neben sich gehabt – und dann natürlich Kinder ... Aber es hat keinen Sinn, sich auszudenken, was die Zukunft hätte bringen können. Die Vergangenheit ist unwiderruflich abgeschlossen, und die Erinnerung birgt immer eine Spur Verzweiflung.

Die Sünde, die beinahe noch im Stadium der Begierde geblieben war, hätte man vor dem Richterstuhl von Don Carlo, der mit der Autorität eines Inquisitors, der Gott über die Menschen stellt, über seine Schäflein herrschte, allenfalls noch beichten können, wären Giovanna und er nicht eines schönen Tages in eine Falle hineingetappt, wie sie der Böse kraft der ihm rätselhafterweise verliehenen Macht den Menschenkindern zu stellen weiß; vielleicht damit sich durch solcherlei Sündenfälle die Einwohnerzahl der höllischen Gefilde dermaßen erhöht, dass es auch dort zu einer bedenklichen

Umweltverschmutzung kommt. Im Sinne der ihnen zuteil gewordenen christlichen Unterweisung hätten sie natürlich gegen diese Versuchung heldenhafter ankämpfen müssen als gegen jedes andere Übel dieser Welt, Napalm-Bomben mitinbegriffen; und zwar mit Hilfe des so überaus mächtigen Stoßgebetes und indem sie gemeinschaftlich fromm den Rosenkranz abhaspelten und sich mit Weihwasser besprengten, ferner durch kalte Bäder, Fasten, Kopfsprünge ins Dornengestrüpp, Wander- und Klettersport und, als letztes, aber durchaus nicht anzuratendes Mittel, die Opferung des ärgerniserregenden Gliedes. Ja, lieber den Tod!

An jenem Tag mähten die Einwohner von Aldrione oder zumindest ein großer Teil von ihnen die Wiesen von Serta; das war ein Stück Land, das jenseits des Flusses lag und nur über eine Brücke zu erreichen war. Wegen der verhältnismäßig großen Entfernung vom Dorf gab es dort seit jeher Stallungen und Scheunen, um das geerntete Heu an Ort und Stelle unterzubringen und das Vieh im Frühling hinzutreiben. Ein netter Einfall vom lieben Gott, dachte Marco, aus seiner melancholischen Stimmung zu jenem freundlichen grünen Fleckchen zu Füßen eines gewaltig hohen überhängenden Felsens zurückkehrend. Es war ein lauschiges Plätzchen, durchrieselt von einem sanften Bächlein, in dessen klarem Wasser sich Erlen spiegelten, gegen den Berg durch einen Streifen Wald abgegrenzt, Buchen und Kastanien mit der üblichen Vorhut von Haselnussgebüsch und Eschensträuchern, deren Schösslinge man jährlich schnitt und trocknete, um sie gleichfalls als Viehfutter zu verwenden. Ach was, netter Einfall!, schalt er sich, beim Gedanken an die unendliche Arbeit und Mühe, die dieses Fleckchen seine Vorfahren gekostet hatte, das ursprüngliche Entwalden, Roden und Urbarmachen des Landes, die Steine, die sie herangeschleppt hatten, um mitten darin das Häuflein grauer Stallungen zu errichten, damit die Liebkosung der ringsum liegenden, leicht gewellten Wiesenfläche in ihrer einheitlichen Glätte erhalten bliebe. Und als das Werk vollendet war, nannten sie es zum Zeichen ihrer Zuneigung *Serta,* die Umkränzte.

Der Himmel verdunkelte sich. Immer schwärzere Wolken türmten sich vor einem gelbsüchtigen Hintergrund auf. Die drückende Schwüle und die lästige Bremsenplage kündigten unbezweifelbar ein nachmittägliches Gewitter an. Die Leute gönnten sich kaum Zeit, stehend einen Bissen hinunterzuschlucken. Fieberhaft handhabten sie die Rechen und keuchten unter übervollen Tragkörben, um das bereits dürre Heu noch trocken unter Dach zu bringen und das frisch gemähte Gras auf den Wiesen zusammenzuhäufeln. Bei solchen Anlässen half man sich untereinander mit der Großmut, die angesichts einer gemeinsamen Katastrophe spontan erwacht. Giovanna und er hatten das klug in Betracht gezogen, und dank ihrem absichtlichen Herumtrödeln und häufigen hilfreichen Einspringen war es ihnen tatsächlich gelungen, als letzte auf einem Wiesenstück von Leonilde zurückzubleiben, während die anderen schon alle davonliefen. «Ihr beide versorgt die zwei letzten Körbe!» hatte Maria ihnen noch vom Weg aus zugerufen und die Bedenken der zögernden Schwester mit dem Einwand beschwichtigt, sie solle an ihren Rheumatismus denken; den beiden Kindern würde ein bisschen Nasswerden nicht schaden.

Sie waren also allein miteinander, und nie hätten sie sich vorgestellt, dass sie es auf diese Art sein würden, so spürbar allein unter dem Überhang des schwarzen Felsens, der sie von der Weite des Firmaments abschnitt und jeden Laut verschluckte. Wie durch Zauber waren die Stimmen der anderen verhallt, die Insekten verschwunden, das Plätschern des Wassers verstummt. Stumm und reglos stand sogar das Gras, von der herrschenden Schwüle gebeugt; und die Worte, die sie, unwillkürlich flüsternd, wechselten, als gälte es, die drohenden Mächte nicht zu wecken, hatten keinen Klang. Sie waren mit dem Füllen der beiden Körbe noch nicht fertig, als der erste ohrenbetäubende Donnerschlag Himmel und Erde zerriss und die ringsum aufragenden Felsen erzittern ließ, und dann stürzten die Wassermassen herab, ein unglaublicher Schwall, eine flüssige Wand, die sie atemlos rennend, von Angst gepackt und doch von heller Freude erfüllt, Hand in Hand durchdrangen, um die schützende Scheune zu erreichen.

Dann saßen sie, von Regen triefend, in Schweiß gebadet, in der offenen Tür. Draußen tobte das Unwetter mit immer neu aufzuckenden Blitzen und laut widerhallendem Donnergrollen, mit unwahrscheinlichen Wassergüssen, die irgendwo in der düsteren Tiefe des Himmels entfesselt und mit der urweltlichen Kraft, die sich in der schwülen Atmosphäre zusammenballt, auf die Erde hinabgeschleudert wurden. Der Orkan verwüstete den nahen Wald, riss Blätter, Zweige und ganze Äste von den Bäumen und peitschte die Wiesen, wo das Gras wie von unsichtbaren wütenden Händen durcheinandergezaust und platt zu Boden gedrückt wurde. Unmöglich, in diesem Weltuntergang den Heimweg zu wagen; und durchnässt, wie sie waren, begannen sie vor Kälte mit den Zähnen zu klappern.

«Wir sollten lieber die nassen Sachen ausziehen und ins Heu kriechen. Geh du zuerst, Giovanna. Ich verspreche dir, dass ich nicht hinschaue.»

Das war offenkundig ein vernünftiger Vorschlag, und Giovanna erhob keinen Einwand, sondern stieg das Leiterchen hinauf, das zu jedem Heuboden gehört. Oben blieb sie stehen und tat zum Spaß, als wollte sie hinunterspringen. So stand sie mit ausgestrecktem Bein da – die Verheißung Evas, die der eisern pädagogische Geist der Tante so schmerzlich streng aus seiner Jünglingszeit verbannt hatte. Doch getreu seinem Versprechen wandte er den Blick von dem bewussten weißen Streifen ab und wartete frierend, mit gesenktem Kopf, bis er sie rufen hörte. Von der Höhe des Heubodens warf sie ihm ihre nassen Sachen zu, das Kleid, den Büstenhalter und dann, «Warte!», hob sie den Arm mit dem letzten Wäschestückchen. «Da, das kannst du auch noch auswinden!» Mit einem unbekannten leeren Gefühl im

Magen sah Marco, wie sich die schöne Form des Busens, heller als Arme und Nacken, gegen das Heu abhob. Das Höschen fiel herab und streifte lau seine Wange. Er zog sich hastig aus, drückte sorgfältig Kleider und Wäsche aus und kuschelte sich dahinter zusammen, um sich recht und schlecht gegen die Kälte zu schützen.

«Komm herauf, Marco!»

«Wir sind doch nackt.»

«Ich schaue nicht hin, Marco, wenn dir wirklich daran liegt. Komm, es ist so schön warm hier drinnen.»

Er war hinaufgestiegen und in den süßen, verführerischen Kleeduft gesunken; zwar in einiger Entfernung von ihr, aber er streckte den Arm aus, um nach ihrer Hand zu suchen. So lagen sie zwei, drei Stunden lang da und wechselten immer seltener ein paar Worte, während sie auf das ununterbrochene, heftige Prasseln des Regens lauschten, der sie gefangen hielt. Die Situation, in die sie nicht ganz unschuldig geraten waren, flößte ihnen Angst ein.

Gegen Abend hörte es plötzlich zu regnen auf, als müssten die Wolken erst wieder Atem schöpfen und sich umgruppieren, um die Wassermassen, von denen sie noch geschwellt waren, besser herausquetschen zu können. Verdrossen wie nach einem missglückten Fest zogen sie, eines nach dem anderen, wieder die feuchten Kleider an und traten schweigend unter die hastig treibenden Wolken hinaus, um zur Brücke zu gehen. Doch sie hatten nicht damit gerechnet, dass der Fluss in dieser kurzen Zeitspanne so unglaublich hoch steigen könnte.

Jetzt wälzte er sich als breite, lehmfarbene Sturzflut dahin, in die die reißenden Rinnsale jahrzehntealten Schutt und Moder aus den Klüften und Spalten der schwarzen Felstürme hinuntergespült hatten, stinkendes, verschimmeltes und verwestes Zeug, alles, was der Berg an uralten Ablagerungen zutage schaffen konnte, ertrunkene Tiere, dazu Äste, Baumstämme und ganze entwurzelte Bäume. Es sah aus, als sollte die gebrechliche, von schwarzem Schlamm bedeckte Brücke, an der sich das alles staute, von den heftigen Stößen losgerissen werden, um selbst mit der reißenden Strömung fortzutreiben.

Zum Glück standen drüben, auf dem anderen Ufer, Tante Domenica, unbeweglich unter ihrem mächtigen Regenschirm, und Leonilde, die ihnen aufgeregte Zeichen machte, sich nicht auf die Brücke zu wagen, sondern zu bleiben, wo sie wären. So verharrten sie auf ihrer Seite des Flusses und sahen entsetzt und fasziniert den graugelben Fluten zu, die unter unbeschreiblichem Getöse vorbeischäumten. Selbst der Erdboden zitterte unter den Stößen der mächtigen Blöcke, die in der Mitte, wo die Strömung am tiefsten und reißendsten war, herumgewirbelt wurden und aneinanderprallten; das alles wogte ständig wechselnd und doch gleichförmig dahin, bis allmählich der Eindruck einer seltsamen Stille entstand, in der man sich nur durch Gesten verständigen konnte. In der fahl leuchtenden Dämmerung, die sich auf die stürmisch wallenden Fluten senkte, erschien schließlich am jenseitigen Ufer Celso. Unter immerwährendem Rutschen und Abgleiten gelang es ihm mit großer Mühe, einen Felsen zu erklimmen, und von dort warf er ihnen mittels einer Schleuder ein Säckchen zu, das Brot, Käse und einen Zettel enthielt: «Legt euch nicht im frischen Heu schlafen!» Ein weiser Rat! Doch der ihn gegeben hatte, konnte sich keinen Begriff von der befreienden Wirkung machen, die er auf sie beide ausübte. Und Marco erinnerte sich, wie er und Giovanna unter einem neu einsetzenden Regenguss an ihre Zufluchtsstätte zurückrannten, wie sie ihre Kleider, Büstenhalter und Höschen mitinbegriffen, abwarfen und zum Trocknen aufhängten, wie sie sich im Heu aneinanderdrängten, ohne sich vor der warmen Nacktheit ihrer Körper zu scheuen, und wie sie sich dann diese ganze unglaubliche Nacht lang mit völliger Hingabe und Seligkeit liebten – bis zum Erwachen am anderen Morgen, als sie unweigerlich unter die Menschen zurückkehren mussten und mit der staunenden Aufmerksamkeit, die man den Überlebenden einer Katastrophe zollt, gemustert wurden.

Natürlich konnte ihr merkwürdiges Erlebnis nicht ohne weitere Untersuchung hingenommen werden; sie wurde, was Marco betraf, von der spitzigen Nase Tante Domenicas, und was Giovanna betraf, vom Doppelkinn Leonildes ebenso entschieden wie diskret durchgeführt. Jede der beiden hässlichen Feen forschte angstvoll in der ihr anvertrauten Seele, mit verstohlenen Sondierungen und indirekten Andeutungen, was doch hätte passieren können – ein junger Bursch und ein Mädchen ganz allein beisammen, viele Stunden lang, zugegeben unter dem Auge Gottes, aber doch fern von menschlichen Blicken ... Sie suchten auch nicht die Ermüdung nach einer schlaflosen Nacht zu verhehlen, die sie zum großen Teil in der Kirche verbracht hatten, im inbrünstigen Gebet für das Seelenheil der beiden Ausgesetzten und gleichzeitiger reuevoller Abbitte, dass sie die Sorge um das Heu, das ja nur ein irdisches Gut ist, der Sorge um die zwei unsterblichen Seelen vorangesetzt und dass sie nicht lieber – wenn auch unter schweren inneren Kämpfen – das körperliche Leben der beiden auf der einsturzgefährdeten Brücke aufs Spiel gesetzt hatten, anstatt sie der (theologisch gesehen) viel größeren Gefahr eines Beisammenseins im Heuboden preiszugeben. Aber sie hätten sich, Herrgott noch einmal, trennen können und müssen, schließlich gab es ja in der Serta mehrere Scheunen! Das wiederholten sie mehrmals, um dann die übernächtigt verschwollenen Lider aufzuschlagen und den Blick wieder feierlich auf den eigentlichen Kernpunkt des Problems zu richten: Wenn ihre Angst vor der Sünde größer gewesen wäre als die Angst vor dem Toben des Gewitters, dann ...

Die beiden derart durchleuchteten Seelen (die, wenn man dem «Leitfaden der christlichen Erziehung» Glauben schenken will, in dieser Nacht gleichzeitig mit ihrer Tugend auch alle anderen Eigenschaften, die einen anständigen Menschen ausmachen, eingebüßt haben mussten) hatten, in Gedanken an die drei Stunden, in denen sie sich nur keusch bei den Händen hielten, tatsächlich ohne Schwanken und mit der gleichen Treuherzigkeit dem hochnotpeinlichen Verhör standgehalten. Und ihre gar nicht mehr naive Verstellung war – so überlegte Marco heute – der Klugheit zu verdanken, welche die Voreltern des Menschengeschlechts sich um einen so hohen Preis erworben hatten, als der Ewige, im morgendlichen Paradiesgarten lustwandelnd, entdeckte, dass sie nicht mehr nackt waren. Bis schließlich die beiden ungleichen und doch ähnlichen Abbilder reifer Jungfräulichkeit von dem ermüdenden Verhör abgelassen und sich einander zugewandt hatten, die spitze Nase Tante Domenicas und Leonildes Vollmondgesicht. Nachdem sie sich gegenseitig aufs genaueste ausgefragt und ihre Eindrücke und Meinungen verglichen hatten, waren die beiden tugendsamen Frauen beinahe überzeugt, dass ihre fromme Nachtwache nicht vergeblich gewesen wäre – aber doch noch nicht völlig beruhigt. Wenigstens mussten Marco und Giovanna das annehmen, als zwei Tage später Don Carlo ganz plötzlich in Aldrione auftauchte; scheinbar nur zufällig, aber vermutlich doch eher durch eine geheime Botschaft herbeigerufen. Abends, als die Glocke schon zum Rosenkranz geläutet hatte, stieg er unversehens die Treppe aus seiner Wohnung herab, einem Kämmerchen, das über der Sakristei, zwischen der Kirche und dem Campanile, lag, und es war fast, als erdrückte sein schwarzer Schatten die kleine Schar, die unten vor der Kirche beisammen stand. Er stieg die Treppe herab, und selbst die Steine verharrten reglos, um ihn anzusehen. Er würde ein paar

Tage hierbleiben, verkündete er, morgen würde er von sechs Uhr früh an bis zum Abend die Beichte entgegennehmen, ausgenommen natürlich die Stunden der Messe und der Mahlzeiten, und am Morgen darauf gäbe es eine schöne allgemeine Kommunion. Dass er auf diese Weise die beste Gelegenheit haben würde, festzustellen, wer sich einer reinen Seele bewusst wäre, erklärte der Priester nicht ausdrücklich, aber das verstand sich ohnehin von selbst.

Don Carlo war auf der drittletzten Stufe stehengeblieben, so dass die zu ihm emporblickenden Schäflein alle dreiunddreißig Knöpfe seiner Soutane zählen konnten, von der Silberspange auf seinen Schuhen bis zum Kragen hinauf, und der von einer Troddel gekrönte dreikantige Hut darüber machte ihn noch größer, als er von Natur aus schon war. Nach dieser offiziellen Mitteilung befahl er seinen Gesichtsmuskeln zu lächeln, und die Muskeln taten ihr möglichstes, obgleich sie hinsichtlich dieser ungewohnten Tätigkeit etwas eingerostet waren. Dann rief er die anwesenden Kinder der Reihe nach zu sich: für jedes ein Karamelbonbon, das er aus der Tiefe seiner Taschen hervorkramte, mit der Ermahnung, schön folgsam zu sein und brav das Morgen- und Abendgebet zu sagen. Ei, für Marco gab es kein Bonbon mehr, o nein, Marco war ja jetzt schon ein junger Mann, nicht wahr? Und wie er hörte, hätte sich in Aldrione eine gute Gesellschaft für ihn gefunden – wirklich gut, im richtigen Sinne des Wortes? (Mit dem abscheulichen Unterton: «Wir sprechen uns noch im Beichtstuhl!») Er ließ den Blick zu dem Mädchen schweifen, als entdeckte er sie in diesem Moment: «Ah, das ist sie ja, unsere Giovanna!» Sogar ihren Namen wusste er, und er kannte auch ihren Vater, einen vorzüglichen Mann, ja, ja, der sie zu ihrer Ausbildung nach Zug, zu den Schwestern von Königshofen, schickte. Ein Pensionat, das ... Eine ausgezeichnete Wahl, durchaus zu loben, wo jede Mädchenseele aufs liebevollste behütet wurde. (Bis zur Briefzensur – aber diesen Zusatz fügte Marco erst heute bei.) Sie solle sich nur nicht allzu sehr von der städtischen Mode beeinflussen lassen ... Ja gewiss, man dürfe von den anderen dort nicht allzu sehr abstechen, aber es gäbe immer einen Mittelweg. Gott gefallen ist wichtiger als den Menschen gefallen, und züchtige Kleidung wird vom Schutzengel besonders geschätzt. Nun, nun, wenn nur das Herz rein ist und das Benehmen sittsam und zurückhaltend, in *jeder* Situation ...

Bei diesen Worten hatte er innegehalten, als überlegte er, ob er noch etwas hinzufügen sollte, und war dann, wie im Zweifel, die letzten drei Stufen hinuntergestiegen. So trat er in die Kirche, die Gemeinde hinterdrein, und sogar die Kinder verhielten sich still, mit der ungewohnten Süßigkeit im Mund, die die Unannehmlichkeit dieses außergewöhnlichen und bedrohlichen Besuchs milderte.

Der Rosenkranz, den der Priester, in der Mitte der kleinen Apsis kniend, betete, war überaus lang, mit eindringlichen Bitten, die Heilige Jungfrau möge gnädig auf die Jugend herabblicken und ihre Tugend bewahren.

Tante Domenica hatte für heute auch einen anderen Schlussgesang gewählt, ein Lied zu Ehren des heiligen Luigi Gonzaga, der ein Jüngling aus edlem Geblüt war, ein mit engelhaften Eigenschaften gezierter Fürst, der Jugend Schutzheiliger und Vorbild an keuscher Tugend:

*Luigi onor dei vergini*
*Dei secoli splendor*
*Dolce speranza amor*
*De' tuoi divoti,*
*Propizio, ah, Tu dal Ciel*
*D'un ceto a Te fedel*
*Accogli i voti.*

Dann war man, ohne das übliche oberflächliche Geschwätz, auf den Kirchplatz hinausgetreten. Stattdessen sprach man, nach einer flüchtigen Erwähnung des Krieges, der ja jetzt aus war, von dem engelgleichen Papst Pacelli, der gleichfalls adeligen Blutes war, von seinem erhabenen Amt und seinen gewaltigen Verdiensten um den Frieden, von den Gesprächen, die er, wie man hörte, regelmäßig, vielleicht sogar täglich, mit unserem Herrn Jesus führte. Im Grunde war es nicht so merkwürdig, nicht wahr?, dass das unsichtbare Haupt der Kirche sich in so schweren Zeiten privat mit seinem irdischen Vertreter beriet, vor allem mit einem so gelehrten, frommen Mann, der, wann immer er sprach, das Pfingstwunder erneuerte, da er sämtliche Sprachen kannte. Ihm war es zu verdanken, dass die Kirche sich heute bei allen Völkern der Welt einmütiger Zustimmung und höchster Achtung erfreute, wie nie zuvor in der Weltgeschichte. Das war der Lohn für den harten Kampf, den der Papst in Rom zur Verteidigung von Christentum und Freiheit gegen die Drohungen Mussolinis geführt hatte. Dazu brauchte es Mut. Aber stellte der Heilige Geist nicht stets den rechten Mann auf den rechten Platz?

Don Carlo war der Einzige, der sprach. Die anderen wagten schüchterne Fragen oder wiederholten bewundernd einzelne Worte. «So schwere Zeiten! – Sämtliche Sprachen! – Alle Völker der Welt!» Von geheimnisvollen Säften erregt und verjüngt, musste Tante Domenica sich auf den Berg Tabor versetzt dünken; während sie den Blick zu dem Stückchen Sternenhimmel aufhob, das über den Dächern zu sehen war, deklamierte sie vielleicht in Gedanken die berühmtesten Verse des edelsten Dichters von Italien:

*Wohin mein Blick sich wendet,*
*seh ich Dich, großer Gott.*
*In Deinem Werk staun ich Dich an,*
*in mir find ich Dich wieder.*

*Und wer nicht wissen sollte,*
*wo Deine Wohnstatt ist,*
*der soll mich erst belehren:*
*Wo finde ich sie nicht?**

*Eines der berühmtesten Lieder des Operntextdichters Metastasio.

Diese Verse hatte Domenica fettgedruckt im Religionsbuch gefunden, mitsamt dem dazugehörigen Kommentar über Größe und Vornehmheit ihres Verfassers. Sie konnte gewiss nicht ahnen, dass sie weit eher zur Ergötzung schöner Hofdamen geschrieben waren als zur Erbauung einer alten Bäuerin in ungeschlachten Zeugschuhen. Aber so ist es eben. Zu den Verdiensten der Dichter – und sie sind nicht gering – muss man noch das eine hinzufügen, dass sie sich fast immer in der Adresse irren.

Marco fühlte sich an diesem Abend durchaus nicht so beglückt wie die Tante. Er war von der Angst vor dem morgigen Gericht und vor den vermutlichen Folgen seiner Beichte überwältigt, denn der Priester hatte eine Art, Gebete und Predigten so anzuwenden, dass sogar die Spatzen, die freien Spatzen des Himmels, begreifen mussten, welche Sünden in der Gemeinde begangen wurden. Er war versucht, einfach davonzulaufen oder vielleicht, da er jetzt schon ohnehin auf dem Weg zur Hölle war, den unerhörten Frevel einer Lüge im Beichtstuhl zu wagen ...

Doch die Erlösung nahte. Schrittegetrampel wurde hörbar, der Schein einer Laterne erleuchtete das Gässchen, das zum Kirchplatz führte. Der Mann, der sie trug, verkündete, ohne auch nur zu grüßen, noch atemlos von seinem langen, raschen Gang, dass in Fontana ein Alter im Sterben läge, der inbrünstig hoffte, vor seinem Tode noch die Beichte abzulegen. Es gibt eine Glückseligkeit! Und der Geiz der Götter kann sie gerade in solchen Augenblicken gewähren, sie vielleicht sogar aus der schmerzensreichen Agonie eines armen Teufels eigens herstellen. Der Tod geht vor. Und der Priester musste sich, wenn auch noch so widerwillig, fortbegeben, nicht ohne den Leuten von Aldrione, die auf dem dunklen Dorfplatz niederknieten, den allgemeinen Segen zu erteilen.

—

Das Glöcklein der Wandlung ertönte, und Marco sank gemeinsam mit den anderen in die Knie, aber mit einem Widerstreben, das seine einstigen geistlichen Lehrer als Menschenangst anstelle der geforderten Gottesfurcht getadelt hätten: als den Irrtum eines, den die äußere Gebärde bedeutsamer dünkt als ihr innerer Sinn, so wie das unvernünftige Vieh. Doch es gab auch das Gegengift dazu. Man sang aus voller Kehle, im Marschtempo, eine Melodie, die fast wie eine Variation über die faschistische Hymne klang, das Lied der Jugendgruppe der *Azione Cattolica,* in die er übrigens niemals eingeschrieben gewesen war, da er von Geburt an als Mitglied galt:

*In fronte la fede ci splende,*
*Speranza fiorisce nel cuor;*
*Il dubbio, l'inerzia ci offende,*
*Serviamo la Patria e il Signor.**

Diese schönen Metaphern wurden von der Katholischen Partei, in die er natürlich aus den Rängen der *Azione Cattolica* hinübergewechselt war, ins Praktisch-Alltägliche übertragen:

* Der Glaube leuchtet uns voran / Hoffnung blüht im Herzen / Zweifel und Trägheit verachten wir / Wir dienen Gott und Vaterland.

*Ce ne infischiamo*
*di chi sussurra,*
*camicia azurra*
*noi vogliam portar!**

Wie schon aus dem sonderbaren Rhythmus ersichtlich, waren diese Verse von einem Dichter, der für eine erhabene politische Zukunft jenseits des Sevinera (in diesem Fall also des Sawinerhorns) bestimmt war, in einer seinen ernsteren Sorgen abgerungenen Ruhepause frisch-fröhlich hinausgeschmettert worden; und dass es sich um einen wackeren Dichter handelte, merkte man vor allem, wenn man diese flinken, begeisterten Worte mit der prosaischen Feststellung der gegnerischen Hymne verglich:

*Locarno tu sei la più bella,*
*Bellinzona tu sei la più forte;*
*Liberali non temon la morte ...***

Mit solcher Poesie genährt und von den leicht ins Ohr gehenden martialischen Rhythmen befeuert, waren «unbesiegbare Scharen» von jugendlichen Tessinern, auch wenn sie in gegnerischen Lagern standen, jederzeit bereit, ihre Ideale «furchtlos vereint» und mit «ungezähmter Brust» bis in den Tod zu verteidigen, wobei

* Wir pfeifen auf alles / was um uns tuschelt / das blaue Hemd / wollen wir tragen!
** Locarno, du bist am schönsten, / Bellinzona, du bist am stärksten; / die Liberalen fürchten den Tod nicht ...

diese Ideale auf der einen Seite Gott, Heimat und Familie hießen, auf der anderen aber die liberale fortschrittliche Demokratie oder, deutlicher gesagt, das freie Denken, das über den klerikalen Obskurantismus triumphierte. So veranstalteten beide Parteien weidlich Feiern und Versammlungen mit flatternden Fahnen und Rednertribünen, die von den (ansonsten von der Politik ausgeschlossenen) Frauen hingebungsvoll mit Blumen bekränzt wurden. Von besagten Tribünen herab schütteten Männlein von meist kleiner Statur, aber um so unerschütterlicherer Überzeugung ganze Wagenladungen von Worten über das andächtige Publikum aus. Wer versucht hätte, in diesem Redeschwall einen ernsthaften Operationsplan zu entdecken, hätte ebenso seine Zeit verloren wie bei der Suche nach der berühmten Nähnadel im Heuhaufen. Slogans, unangebrachte Dante- und Manzoni-Zitate, billige Versprechungen, Schimpfereien auf die heimtückischen Machenschaften der Gegner, die um so stürmischer beklatscht wurden, je rabiater sie klangen – das waren die Ingredienzen dieses folkloristischen Mischmaschs, die dann in den Leitartikeln auf der dritten Seite der politischen Zeitungen von vorn nach hinten und hinten nach vorn wiedergekäut wurden, um neue blutdürstige Auseinandersetzungen auszulösen und unauslöschlichen Groll zu zeugen. Auf tieferem Niveau, will sagen im Wirtshaus und auf der Straße, machte sich dann der Groll in Schlägereien samt Beigabe von gerichtlichen Anzeigen und Gegenanzeigen Luft, während die schwarzen Männlein von den Rednertribünen sich inzwischen schon provisorisch so weit ausgesöhnt hatten, dass sie sich zusammensetzten, um den zur Teilung des Kuchens unerlässlichen Kompromiss auszuhandeln. Und auch die Tessiner Seher und Dichter saßen da, aber abseits und voller Verachtung, und beschäftigten ihren Geist mit freundlicheren Themen wie Schneeglöckchen und Schmetterlingen.

Jetzt dachte Marco bedauernd, wieviel schöne Zeit auch er noch als halbes Kind mit diesen politischen Zänkereien vergeudet hatte, während die Sonne durch Gottes Gnade oder aus alter Gewohnheit fortfuhr, über das Land zu leuchten, von den Firnen des Sevinera bis hinunter zu den lächelnden Seen, deren Küstendörfer gerade im Begriff waren, ihre alte Heiterkeit einzubüßen, um sich mit dem marktschreierischen Los von Touristenorten abzufinden, und noch weiter bis dorthin, wo die Hügel sich zu einer Vorahnung der Po-Ebene abflachen (die damals weniger dunstig war als heute). Inzwischen machten die Sennen weiterhin ihren redlichen Käse, die Bergbauern brachten das Heu ein, die Advokaten verkauften den heimischen Boden an sonnenbedürftige Eindringlinge aus dem Norden, Tante Domenica und ihresgleichen beteten um einen seligen Tod, und die Arbeiter fuhren fort, im Schweiße ihres Angesichts in Fabriken, auf Straßen und Bauplätzen zu schuften, wo man ernsthaft arbeiten muss, denn letzten Endes wird die Weltgeschichte nicht nur mit Worten gemacht.

Auch Marco hatte, wie er sich jetzt mit Beschämung erinnerte, das blaue Hemd getragen, das der dichtende Steuermann des katholischen Schiffleins in so trefflichen Versen besungen hatte, die Uniform, in der die Jugend bei den triumphalen Paraden an den Parteibonzen vorbeidefilierte. (Sie salutierten mit würdevollem Ernst, mit einem leisen Kitzel im Magen, wenn die Hymne sich in der letzten Strophe in unschuldiger Gedankenlosigkeit zum höchsten Gipfel der Begeisterung aufschwang und die «einstigen Siege der Zukunft» verkündete.) Aber jedenfalls handelte es sich um ein blaues Hemd, kein braunes oder schwarzes, ein Hemd so blau wie der Himmel oder wie ein klares Gewässer, das den Himmel widerspiegelt. Eine bodenständige, heimatliche Farbe, recht eigentlich die Farbe unseres Tals, dachte Marco jetzt in Erinnerung an die blauen Gipfel und den Enzian auf den Matten, an die Heidelbeeren und das mit ihrem Saft gefärbte handgewobene Leinen und auch an die Augen des Jesuskindleins. Ein unbestreitbar blaues Hemd, eine friedliche Uniform, ohne Koppel und Gummiknüppel, pfui Teufel! Während des Krieges wurde es dann diskret eingekampfert und von manchen vielleicht schon zum Einfärben bestimmt. Man kann ja nie wissen.

All das hatte sich ereignet, bevor Marco zwanzig Jahre alt wurde und das Wahlrecht erlangte, doch seine Einführung in die Politik verlor sich in der Zeitlosigkeit der Kindheit. – «Tante, weißt du bestimmt, dass Franco siegen wird?» – «Freilich, Marco, die ganze Welt betet doch für ihn.» – Und Tante Domenica fuhr fort, die Kühe zu melken, Heu zu wenden, Holz zu schleppen und Geschirr zu waschen, ohne etwas von den baskischen Priestern und dem aufrechten pyrenäischen Dorfschulzen J. N. zu ahnen, den die Verteidiger von Ordnung und Religion meuchlerisch ermordeten. Solche Nachrichten wurden von der von einem frankistischen Monsignore redigierten Zeitung, der einzigen, die ihren Weg in einige wenige Häuser des Dorfes fand, einfach ignoriert oder so kommentiert, dass sie «richtig» verstanden wurden. Die Information ist eine zweischneidige Waffe.

Auch Don Carlo betete, wenn er vor der Reliquie *ex velo Beatae Mariae Virginis* den Segen erteilte oder den roten Vorhang der Urne lüftete, die das zerfallende, mit goldenen Ziernägeln geschmückte Skelett eines von Auswanderern ins Dorf heimgebrachten römischen Märtyrers enthielt: «Gib, dass die katholischen Truppen den Sieg über den kommunistischen Materialismus davontragen!» Oder: «Für den Sieg Francos!» Es gab Tridui und Novenen mit abschließendem Tedeum, und Tante Domenicas Augen leuchteten vor himmlischer Freude, während sie den kleinen Marco an sich drückte. Für ihr armseliges Leben, das nur auf dem rechten Glauben aufgebaut war, waren das glorreiche Stunden.

Von einer alten Wut gepackt, die vielleicht nichts anderes war als die Neigung seines Magens, überschüssigen Saft zu produzieren, dachte Marco, dass es, bis er das Dorf verließ, keinen einzigen Tag gegeben hatte, an dem er nicht auf den Knien lag, wie auch jetzt, während er auf den befreienden Klang des Glöckchens wartete: bei Messen, Abendgebet, *viae crucis,* beim Segen, den man über Strohhalme, Stofffetzchen und bunte Scherben unter Glas sprach, oder wenn er für sich allein betete; und sogar wenn er seine Abneigung für diese unglaubliche, innerlich heidnische Welt mit ihrem Überbau aus dem siebzehnten Jahrhundert und ihrer viktorianischen Politur besonders deutlich empfand, so dass er sich erst recht auf die Knie warf und Gott um Verzeihung anflehte: *Dele iniquitatem meam.* Die langen Nächte, die er über dem Neuen Testament und den Kirchenvätern verbracht hatte, um einleuchtendere Gründe für den Glauben zu finden! Und die nicht enden wollenden Diskussionen: bis drei, bis vier Uhr früh, das erste Morgengrauen und draußen das frischbetaute Grün, während er noch immer über seinen Gedankenkonstruktionen saß, die Transsubstantiation, die Quodlibetales, Wissenschaft und Glaube, Glaube und Existenz, *Cogito ergo sum,* die Drehungen und Windungen seines Gehirns, wie ein Regenwurm in der Pfütze der Argumentationen, warum man Katholik sein soll. Und nach alldem fand er sich damit ab, seine ersten literarischen Versuche dem frankistischen Monsignore einzuhändigen, damit sie ja auch theologisch stimmten. Dem Menschen ist das Bedürfnis nach Mimikry angeboren wie dem Chamäleon, dachte er jetzt, oder vielmehr die Angst, anders zu sein als die anderen, ein Fremder, ein Ungläubiger. Die Angst ... Und jetzt packte ihn wirklich der Zorn, er fühlte wieder, wie sich seine Eingeweide und sein Magen verkrampften, dieser traurige Sack, der uns je nach seiner Pepsinabsonderung und Peristaltik glücklich oder unglücklich sein lässt; ein dunkles, brennendes Gefühl, das aufzusteigen und sein Inneres zu überfluten drohte. Er erinnerte sich an den kummervollen, ungläubigen Blick seiner Eltern, als er endgültig wegging. Damals war er sechsundzwanzig Jahre alt und wusste nicht, was er tun, wo und wie er sein Leben fristen würde. Wenn er nur vom Dorf, von den Glocken, von den Kruzifixen loskam, das war genug. Hatte er recht getan? Es gibt auf der Welt keinen Zufluchtsort, wo nicht hundert Dogmen darauf lauern, das Leben abzutöten. Oder soll man glauben, dass der Mensch seiner Natur nach nicht ohne Dogma zu leben vermag? Ach, die Mühe des Denkens auf andere abwälzen! Auf den Papst, den Parteiführer, den Medizinmann! Zusehen, wie er in seinem bunten Federschmuck tanzt, sich vor seinen magischen Riten verneigen, sein Scherflein spenden, Halleluja singen ...

Die Angst oder, um es theologisch und euphemistisch auszudrücken, die heilige Gottesfurcht – so predigte er, von seinem alten Zorn gepackt, einem unbestimmbaren Publikum – ist gleich der Gewalt: die eine erzeugt die andere, und umgekehrt. Und der Mut ist die einzige Kardinaltugend, der Dreh- und Angelpunkt aller anderen, der einzige Sieg des Menschen über den Instinkt. Im Idyll der Mutter, die ihrem Kind das Abendgebet vorspricht, liegt schon die Opferung von Iphigenie und die Furcht des Barbaren, der Wotan beschwört, ihn mit seinem Blitzstrahl zu verschonen. Aber dieses betende Kind, Millionen solcher Kinder, das ist das große Geschäft! Das Idyll behüten, die beglückende Unwissenheit, die sich so leicht ausbeuten lässt, fördern, das bedeutet Geld und Macht! Das Recht von Besitz und Handel geht allem vor. Das Recht des Starken, über die Nöte des Schwächeren zu Gericht zu sitzen, auf dass alles nach Gesetz und Regel gehe. Die Beglückung des Feldherrn, der mit im Winde flatternder Fahne die Grenze überschreitet und dabei über die Leichen der legitim ermordeten Menschen hinwegsteigt! Gesetz und Recht ...

Doch da musste er selbst darüber lachen, dass er wie ein Pfaff predigte, und wieder überkam ihn Müdigkeit und Skepsis. War der Glaube nicht für den Großvater, für Tante Domenica, für alle anderen, die unter den Holzkreuzen schliefen, ein durch nichts zu ersetzender Trost gewesen? Die Toten ... Eines weiß man von ihnen: Sie schweigen. Die Stille des Friedhofs inmitten der Reglosigkeit der Berge. Der Wind, der in seiner ruhelosen Wanderlust, die immer eine Rückkehr ist, über das Gras der Grabhügel weht. Und die Grillen, die des Abends von der Sinnlosigkeit aller Anstrengung singen. Weil alles, ja alles nichts ist als ein Energieverschleiß angesichts des bevorstehenden allgemeinen Untergangs – wobei anzunehmen ist, dass die Weiden und die Birken länger dauern werden als wir ...

Die Birken und die Weiden ... Ein schweifender Gedanke, in der Tonart der Leichenfeier. Aber auch die Hauptperson des ganzen, nämlich Tante Domenica, deren Seele eben jetzt zum himmlischen Chor emporschwebte, während ihre leicht gewordene sterbliche Hülle im Sarg dort wahrscheinlich schon zu stinken begann – was war sie anderes als ein Gedanke? Was blieb den Anwesenden von ihr zurück außer ein paar dem Anlass angemessenen Betrachtungen? Lebendig war nur noch das bisschen alte Zeug in der Vorratskammer, die Häuser und Scheunen in Cavergno und Aldrione, die paar Felder und Waldwiesen, in die sich die Neffen teilen würden. Sie selbst würde nur noch kurze Zeit unter ihnen verweilen, um ihnen nochmals, wie sie es im Leben stets getan hatte, ihr *memento homo,* «Mensch, sei eingedenk!», einzuprägen: ein gewaltiger Gedanke, der rasch von allen vergessen wird, denn morgen ist wieder ein Tag. An diese Hoffnung oder Gewissheit aber klammert sich jeder, so wie man sich im Tram festhält, um sich gegen das Rütteln auf den Schienenkreuzungen oder ein jähes, durch die Unachtsamkeit eines Automobilisten oder Fußgängers verursachtes Bremsen zu wappnen. Traurige Spargel, die in ihren Arbeitskleidern von den Haltestangen herabbaumeln. Hinten bedrängen die Hausfrauen mit den großen Einkaufstaschen den sanften Professor, den Altersrentner, den Sekretär, der die Aktenmappe mit den zu unterzeichnenden oder unterzeichneten Dokumenten oder den Konten, die er zu Hause kontrollieren muss, an sich drückt, besorgt oder wichtig, je nach der heutigen

Laune des Chefs. Die Chefs jedoch benützen zu ihrer Fahrt ein Taxi oder den Mercedes und dann den Lift, und dann, uff!, lassen sie sich in den Präsidentenfauteuil sinken.

Auch im Kanton Tessin gab es einige Schlauköpfe, die es, in diesem Land ohne industrielle Hilfsquellen, einzig durch ihr Spekulationstalent zuwege gebracht hatten, ganze Inseln, Gott mochte wissen, wo, zwecks Parzellierung aufzukaufen oder im dekolonisierten Afrika kleine koloniale Imperien zu errichten. Marco hatte sie aus der Nähe zur Genüge kennengelernt. Wahrscheinlich waren sie auch nicht glücklicher als die meisten anderen Menschen – damit tröstete er sich –, aber kraft ihres Glaubens an die eigene Unvergänglichkeit (vielleicht weil sie keine Tante Domenica gehabt hatten) jederzeit bereit, die halbe Welt in die Luft zu sprengen, wenn sie nur die Scheine mit dem Totentanz zählen durften, die sie mit einer raschen Bewegung von unten nach oben über die Fingerkuppen wirbeln ließen, die rosa Fünfhunderter, die blauen Hunderter mit dem heiligen Martin darauf, zu Paketen gebündelt, ganze Köfferchen voll, mit Etiketten versehen: 28.2.1962, 17 Uhr 40, 347569.05, Null Fünf, von wegen der genauen Buchhaltung. Nein, sie zählten gar nicht. Das überließen sie den Sekretären, die mit der Straßenbahn fahren und sich mit einem dreizehnten Monatsgehalt oder einem offiziellen Lob zufriedengeben: «... dank der gewissenhaften Arbeit unseres Sekretärs ...» Ihnen, den Chefs, genügte es, mit dem Zeigefinger die Zahlenkolonnen entlangzufahren und an den richtigen Stellen haltzumachen: Gewinn und Verlust, Amortisierung, Übertragung auf neues Konto, Dividenden ... In Locarno, in Bellinzona, aber vor allem in Chiasso, wo die Nähe der Grenze den Geist zu besonders einträglichen Machenschaften anregt. Auf der Straße zieht man den Hut vor ihnen, überall zollt man ihnen Lob, weil Geld so viel ist wie Macht und Ansehen; und nur die kleinen Leute, die von ihnen ausgebeutet werden, wissen nichts von ihnen. Der Verwaltungsrat applaudiert ihnen, wenn sie (unter Aufstoßen nach dem Fasanenbraten) zu ihrem Schlusswort ansetzen: «Diese Maßnahmen proponieren wir Ihnen im Rahmen der Umstrukturierung unserer sozialen Reserven im Zusammenhang mit einer aufgrund der anhaltenden Nachkriegskonjunktur vorzunehmenden Erhöhung der Rücklagen. Obwohl die Zukunft sich nach dem Urteil der erfahrensten politischen und nationalökonomischen Experten in, sagen wir, ziemlich rosigem Licht präsentiert, ist doch, wie eben ausgeführt, eine gewisse Vorsicht nicht außer acht zu lassen, wie sie auch vom Hohen Bundesrat und vom Vorort empfohlen wird.» Beifallsklatschen, aber der Fettsack ist schon aufgestanden (wobei er kleiner aussieht als beim Sitzen) und rafft seine Papiere zusammen. Ein zerstreuter Blick auf die Uhr, er denkt bereits an andere wichtige Dinge, an das nächste Ritual, das er zu zelebrieren hat, oder an die Gattin, die vielleicht noch nicht zu Hause ist ...

Damals, als Marco die Ferien bei den Tanten in Aldrione verbrachte, mochten diese Geldbarone nicht viel mehr gewesen sein als kleine Advokaten, Sekretäre oder Buchhalter, Spürhunde, die in der Luft oder, besser gesagt, auf dem Erdboden herumschnüffelten, ständig unterwegs durch taufrische Wiesen und Wälder, durch die Dörfer in den Bergtälern und an den Seeufern (wo damals noch stille Weiden und Pappeln standen), um notleidende Tröpfe ausfindig zu machen und billig Grundstücke oder alte Häuser zusammenzukaufen; auf Grund von streng legalen, juristisch einwandfreien Verträgen, mit denen man sowohl die Steuerbehörde wie auch den ahnungslosen Verkäufer hineinlegte, um nur schnell zur Fettleibigkeit, zur Impotenz, zur Kurzatmigkeit, zum vorzeitigen Herzinfarkt zu gelangen. Während die Zukunft dieser Größen sich in ihrer ganzen Glorie abzuzeichnen begann, vernahm man im Valmaggia und im Valbavona tragische und tragikomische Geschichten von Leuten, die um ihr bisschen Besitz gekommen waren. Marco überlegte, dass die Häuser in Cavergno und Aldrione an Schmerzbezeugungen den antiken Königshöfen der Atriden um nichts nachstanden: Überall gab es eine unglückselige Königin Klytämnestra, die spann und webte und wusch, während sie auf das Auftreten des Schlusschors wartete. Der aber rezitiert, auf Griechisch oder Latein oder in die Sprache des gemeinen Volks übersetzt, immer nur die Klage des Menschen über den Widersinn des Lebens.

*Wann endet je,*
*Wann stillt sich je, besänftigt, Ates Zorn?*

Unter der himmelblauen, von Weihrauch durchzogenen Kuppel war inzwischen die uralte, verzweifelte Klage des Nomaden Hiob zum Fichtensarg hinübergeklungen: *Quare de vulva eduxisti me?* – die, hätte man sie wortwörtlich verstanden, die Anwesenden mehr schockiert als ergriffen hätte.

Das Schicksal, das in seinem unerschöpflichen Einfallsreichtum die Ereignisse nach Lust und Laune durcheinanderwirrt, hatte beschlossen, dass Marcos Erlebnis mit Giovanna sich mit dem lächerlichen Missgeschick von Tante Maria verknüpfen sollte. Ja, lächerlich, und das Dorf amüsierte sich wochenlang darüber. Die Weiber bildeten kleine Gruppen, wenn sie, den weihrauchduftenden Schleier über dem Arm, aus der Messe heimkehrten, die Männer, die, soweit sie es sich leisten konnten, im Wirtshaus ihre zwanzig Centesimi Wein tropfenweise auskosteten, fragten einander: «Hast du's schon gehört?» – und schon stieg das unbarmherzige Lachen im Bauch auf. Wahrscheinlich wird die Geschichte mit verschiedenen Gewürzen, je nach der Tüchtigkeit der Köche, auch heute noch wiederaufgewärmt, wenn man abends einmal etwas Lustiges hören möchte und jeder sein Gedächtnis nach einer unbekannten oder vergessenen Anekdote durchstöbert. Ach, die alten Geschichten! Die haben's in sich! –

Ein paar Tage nach Don Carlos unvermutetem Besuch

in Aldrione – der Hochsommer mit seiner glühenden Hitze ging dem Ende zu, die letzten Augusttage brachten schon eine Ahnung von den ersten kühleren Herbstlüften – wurde Maria die Nachricht überbracht, auf die sie ihr Leben lang gewartet hatte, die ihr aber jetzt völlig unerwartet kam, und zwar durch Angelica selbst, die Schwester jenes Giacomo, mit dem sie vor zwanzig Jahren verlobt gewesen war. Maria war nicht hässlich wie ihre Schwester Domenica, doch inzwischen war sie eine vierzigjährige alte Jungfer geworden, mit einem von der schweren *gerla* gekrümmten Rücken und mageren Beinen, die vielleicht gerade gewachsen waren, jetzt aber, mit den unförmigen Stoffschuhen und den durch das ewige Auf und Ab auf den steilen Gebirgssteigen verdickten Fesseln, genau wie Gänsebeine aussahen; verwelkt während des jungfräulichen Wartens, das ein tägliches Aufbäumen gegen die Jungfräulichkeit gewesen war. Doch mit sechzehn Jahren musste sie, nach einem Familienfoto, das Marco kannte, durchaus nicht hässlich gewesen sein: schlank und aufrecht, mit zwei neugierig und herausfordernd blickenden Augen und einem jungen Busen, den sogar das nonnenartige unkleidsame Gewand, das Tradition und Armut ihr aufzwangen, nicht zu verbergen vermochte. Auf der Alpweide, in deren Rechte sich die beiden Familien teilten, hatten Giacomo und Maria «miteinander zu reden» begonnen, wie man es bei uns ausdrückt.

Ach, das Alpenidyll, das unsere heimischen Dichter besingen! An alle Schulen verteilt und zur Lektüre empfohlen, am Tag des Schlussexamens vom Klassenersten, während er von einem Bein aufs andere tritt, in eintönigem Singsang heruntergeleiert: «Der Gipfel Weiß, der Tannen Grün, der Vöglein Sang ...» Nicht zu vergessen der Friede. Die ewige Stille, die der Hirt auf der Alp über beide Ohren satt hat, die aber einst der Traum einer unglückseligen Königin von Frankreich war, wenn sie, den zarten Hals über den unschuldigen Zeitvertreib geneigt, mit weißer Hand ihre parfümierten Ziegen melkte.

Der Bergbewohner, der in der *virtutis palaestra* der Alpen aufgewachsen ist, im vorliegenden Fall zwischen Felsabstürzen, Dornengestrüpp, Schweineställen, mit der zusätzlichen Würze seines eigenen Gestanks und der Schimpfworte, die er gegen unruhige Ziegen, störrische Säue und tückische Schlangen ausstößt, ist von Natur aus mit hohem Seelenadel und sämtlichen patriotischen und religiösen Tugenden ausgestattet; eben den Tugenden, die ihn für gewöhnlich bewegen, für die katholisch-konservative Partei oder, seltener, für die liberal-konservative zu stimmen. (Es gab allerdings einige ganz seltene Hitzköpfe unter diesen Bergbewohnern, und die stimmten dann vielleicht gar für die Sozialdemokraten, wenn auch aus reaktionären Gründen.) So wurden die Tugenden des Älplers von den Onorevoli der Rechten nicht minder gelobt als von jenen läppischen Dichtern mit ihren Schmetterlingen, Blümlein und Bächlein, die zu betrachten unsere Alten niemals Zeit hatten; und den dekorativen Sonnenuntergängen, denen sie einen flüchtigen Blick zuwarfen, gerade nur um nach dem morgigen Wetter zu sehen, worauf sie, müde wie sie waren, die Achseln zuckten und ihr übelriechendes Lager in der dunklen Hütte aufsuchten. Draußen im Mondschein leuchtet die Schlammpfütze, in der sich die Schweine suhlen. Und eh man sich's versieht, rasselt schon wieder der Wecker, und auch der kriegt ein paar Flüche ab. Schwer ist es, die schmerzenden Knochen aufzurappeln und das Schwefelholz anzuzünden, das wieder einmal feucht ist, zum Teufel noch einmal! Und die Füße in die eiskalten *zoccoli* stecken, hinausgehen, in der kaum beginnenden Morgendämmerung über einen Stein stolpern und sich das Schienbein schmerzhaft anstoßen. Womöglich noch in dem verfluchten eisigen Regen oder im gefürchteten Nebel. Ganze Tage lang kein Wort reden, nichts als die Arbeit, die vor einem liegt, und damit basta. Und in dieser Einsamkeit voll von innerem Aufruhr zusehen, wie der Stier die Kühe bespringt, eine natürliche Pornografie, wie ihm der Speichel aus dem Maul sabbert, bis das gewaltige Gewicht des gekrümmten Schwanzes im unendlichen Sonnenlicht entspannt zu Boden sinkt.

Glücklich die Tiere, die in ihrer Unschuld den Samen ohne Gewissensnot vergießen und empfangen dürfen! Der Fortpflanzungstrieb des Menschen hingegen schwelt in der Stille und teilt sich bloß in unausgesprochenen Worten, ausweichenden Blicken, im veränderten Ton mit, in dem die alltäglichen Dinge gesagt werden. So wächst er ins Riesenhafte, wird zur einzigen

Beschäftigung der Gedanken, zur Besessenheit, zum unwiderstehlichen Zwang, einander in der Mittagsstille schreckhaft immer näher zu kommen und schüchtern zu berühren. Er wird zu einer Flut, welche die Dämme der Schicklichkeit und die Angst vor der ewigen Strafe niederreißt und bis zum Ehebruch und zur Blutschande anschwillt. Den Rock aufgehoben, den Schoß mit der Raschheit der Tiere durchbohrt – aber wie anders ist der Schmerz zu messen! Und es gibt auch andere Surrogate ... Wer weiß, was die beiden jungen Menschen in der trügerischen Freiheit der Alpenmatten zu tun wagten? Oder wenn abends die beiden Familien sich zum gemeinsamen Rosenkranz zusammenfanden und die beiden in der Dunkelheit, wo die Gesichter kaum mehr vom letzten Widerschein des Feuers gestreift wurden, nebeneinandersitzen konnten. Avemaria, Santamaria, der Onorevole fabriziert seine rührenden Gedichte über unsere von den Ahnen her ererbte Frömmigkeit. Doch gewisse Bilderstürmer berichten vom Zittern und Aufschluchzen der Mädchen während des Gebets, das nicht eigentlich durch die glorreichen, schmerzensreichen Mysterien der Heiligen Jungfrau erregt wurde.

Marco kannte Giacomo von einer alten Fotografie her, die eingerahmt in der Küche von Aldrione hing, weil auch Onkel Rico darauf zu sehen war, der gemeinsam mit ihm auswanderte und der Familie kein anderes Andenken hinterließ als eben dieses Bild und einige wenige Briefe, in denen er schrieb, es ginge ihm gut, er hätte jetzt eine andere Stellung, er gedächte zu heiraten. – Es ist September. Giacomo wartet auf die Auswanderungspapiere, aber inzwischen befördert er weiterhin den Käse von der Alp in die Keller auf dem Talgrund hinunter, was die mörderischste Arbeit des ganzen Jahres ist. Er ist groß und sehr stark, das sieht man an der unglaublichen Zahl von Käseformen, die sich auf seiner *cadola** türmen, ein muskelstrotzender Bergbauer, zum Gefängnis einer amerikanischen Ranch verurteilt. Er hat sich mit seiner schweren Last keck vor dem Fotoapparat des Touristen aufgepflanzt, das eine Bein auf einen großen Stein gestützt, den Alpenstock hält er wie eine Hellebarde von Urs Graf. Mit welchem Stolz musste Maria in der Blüte ihrer Hoffnungen sein Bild betrachtet haben!

Nach der Rückkehr der beiden Familien ins Dorf, ein paar Wochen vor der Trennung, waren Giacomo und Maria zum Pfarrer gegangen, um in einer jener Zeremonien, die der Mensch zur Qual des Menschen erfunden hat, ihr Heiratsversprechen zu tauschen. Durch dieses Versprechen erwarb sich Maria wenigstens das Recht, ihren Verlobten zum Bahnhof zu begleiten und einen Augenblick, ach, nur einen kurzen Augenblick an seiner Brust zu weinen, eine flüchtige Liebkosung von ihm zu empfangen – vor aller Augen. Vielleicht, so dachte Marco, hatte sich in ihren herzinnigen Kummer über das Scheiden des Liebsten eine winzige Spur von

*Holzgerüst, um schwere Lasten auf dem Rücken zu tragen.

Genugtuung gemischt, weil sie sich in einem Dorf, wo die meisten Mädchen ledig blieben, in ihrer Auserwähltheit zeigen durfte. Und so begann das endlose Warten: ein Tag, zwei Tage, jetzt hat er das Meer überquert, jetzt ist er schon in Kalifornien, wer weiß, was er treibt, mit wem er redet, ob er noch an mich denkt ...

Natürlich denkt er an mich! Und er kommt bestimmt zurück – reich. Wir werden uns das schönste Haus im Dorf bauen. Wo? Draußen auf unserer großen Wiese. Wenn Leonilde vorbeigeht, wird sie denken: schöner noch als in Locarno! Von anderen Dörfern werden Leute herbeikommen und fragen: «Wem gehört dieses Haus?» Das gehört doch dem Giacomo Tonini, dem, der die Maria Serazzi heiratet! Und dann kommt der große Tag. Giacomo und die Seinen treten aus dem Haus, immer zwei und zwei. Sie gehen auf den Platz, sie sind schon da. Ja, wo ist denn die Braut? Und mir stecken die Frauen gerade die letzte Nadel in mein weißes Kleid! Da ist die Braut! Ganz in Weiß gehüllt, kommt sie die Treppe herab, der lange Schleier wallt. Die Leute schauen, betasten ihn. Echter Tüll! So fein! Was für eine schöne Braut! So eine hat man im Tal noch nie gesehen. Und diese Braut bin ich! Ich muss mir nur merken, dass ich beim Gemeindeamt Tonini zu unterschreiben habe. Maria Tonini Serazzi, Ehefrau des Giacomo. Ich werde vorher tausendmal Tonini schreiben, um mich zu üben ... Und die Kirche? Ja, wer spielt denn die Orgel? Wahrhaftig, einer, der eigens aus Locarno bestellt worden ist, wie zu einer Hochzeit von reichen Leuten! Aber wir sind doch reich, nicht wahr? Wir treten ein, Bänke rechts und links, die Orgel ertönt: Taa – taa – taa ... Die drei Stufen, dann muss man niederknien. Und die Blumen! Auf dem Altar, auf der Brüstung. Meinen schönen Strauß schenke ich der Madonna. Wer sind die Trauzeugen? Domenica hierher, und dorthin stellen wir Gaudenzio. Das ist der Augenblick: «Willst du, Giacomo Tonini, die hier anwesende Maria Serazzi zu deiner gesetzlich angetrauten Ehefrau nehmen?» – «Ja!» – «Und willst du, Maria Serazzi, den hier anwesenden Giacomo Tonini zu deinem gesetzlich angetrauten Ehemann nehmen?» – Die Leute sagen, man soll einen Moment lang warten. Lieber Gott, hilf mir, einen Moment lang warten! Ja, ja, ja, hundertmal, hunderttausendmal ja! Und Giacomo steckt mir den Ring an, und der Pfarrer segnet uns. Dann kommt das Kyrie. O singt, singt, singt! Singt in alle Ewigkeit und die Engel mit euch! Nein, hört auf, denn wir, jawohl, wir wollen allein sein ... Nachher, nachher. Inzwischen kommt das Gloria und dann das Credo, das Sanctus, das Benedictus, das Agnus Dei ... *Vergin dolcissima* ... Schluss. Jetzt geht man – nein, zuerst muss man in der Sakristei unterschreiben. Und dann paarweise, wir voran, jetzt geht man, Leute hier, Leute dort. Mein Gott, der Fotograf! Den hätte ich fast vergessen. Noch ein Foto. Noch eines! Habt ihr schon so eine schöne Braut gesehen? Und Melania beginnt zu singen, und alle fallen ein:

*Sia festoso questo giorno*
*come il dì che Tell primiero*
*del cappello al duro scorno*
*le ginocchia non piegò,*
*ma del barbaro straniero*
*il superbo imper fiaccò.*
*Viva Dio, viva Elvezia,*
*Viva patria e libertà!**

Arme Tante Maria! Mit zwanzig hat man das ganze Leben vor sich. Glück und Zeit scheinen grenzenlos. Mit diesem einzigen Gedanken im Kopf, diesem einzigen Traum in dem kleinen Gehirn, das nichts anderes zu fassen vermag, auf dem Feld, im Wald, überall; vielleicht einen Augenblick lang vergessen über der schweren Arbeit, wenn ringsherum die sonnentollen Grillen zirpen und in der Gluthitze überhaupt niemand mehr etwas denkt, aber alsbald mit tiefer Reue wieder erinnert: O Giacomo, ich bin immer noch dein!

Doch Giacomo ist in Amerika und kommt nicht. Er kommt nicht. Aus Monaten werden unversehens Jahre. Jetzt ist sie schon dreißig. Der Spiegel (es gab einen in Aldrione, der das Bild ein bisschen verzerrte, am unteren Rand war der Belag abgebröckelt) – und zum ersten

* Festlich glänze dieser Tag / wie der Tag, an dem der Tell / vor dem Hut der Volkesschande / nicht die Knie beugen wollt / sondern dem barbarischen Fremden / ihm zur Schmach den Hochmut brach. / Gott mit dir, Helvetia! / Heil dir, Vaterland und Freiheit!

Mal eine bange Ahnung, dass das Leben ein Betrug sein könnte. Jetzt schweigt man, wenn die anderen auf dem Kirchplatz von den Ausgewanderten sprechen. Die Angst, dass jemand das Wort an sie richten könnte. Eine Freundin, die, ohne Namen zu nennen, eine Anspielung auf die Mädchen macht, die vergebens auf die Heimkehr ihres Liebsten warten. Die dumme Gans! Aber er kommt nicht, er kommt immer noch nicht. Und die Schwester betet für die Abwesenden: Rico, Adeodato, Giacomo ... Zerquälte Stunden in der Heimlichkeit ihrer Kammer. Angstvolle Gebete zur Madonna. Und die Beichte, die Beichte, denn auch dieses Warten ist Sünde. Ach, noch einmal in seinen Armen liegen, an seiner breiten, nackten Brust, ihn ein einziges Mal in mir fühlen, meinetwegen schwanger werden, was liegt daran! O Giacomo, warum kommst du nicht?

Wer könnte sagen, wie lang zwanzig Jahre Warten dauern? Eine Ewigkeit zu durchleben, ein Hauch in der Erinnerung. Doch unterdessen vertrocknet der Körper, das Gesicht ist von hundert winzigen Runzeln zerknittert, die Brüste sind schlaff geworden. Maria hofft nicht mehr. Jetzt ist sie über vierzig, und schon die längste Zeit machen die Burschen in der Dreikönigsnacht nicht mehr unter ihrem Fenster halt, um ihr gleich den anderen heiratsfähigen Mädchen ein Ständchen zu bringen. Wie wird Giacomo sie ansehen, wenn er heimkommt? Was kann sie ihm noch bieten? Ihre Verlobung ist zu einer fernen Erinnerung geworden, zu einer traurigen fixen Idee, beinahe zu einer heimlichen Rache an anderen Frauen, wie etwa Leonilde, die zeitlebens überhaupt kein Mann angeschaut hat.

Und nun erschien also Angelica in Aldrione, sie stand unter dem Torbogen und grüßte so freundlich sie konnte. Eine Bergbäuerin versteht nicht viel Komplimente zu machen, bestenfalls heißt es: «Sehe ich euch wieder einmal!», aber sie hilft sich mit Gebärden und Lächeln, und es ist herzlich gemeint. Sie strahlt geradezu: «Jetzt bin ich extra von Faedo heraufgekommen, um es euch zu sagen. Giacomo ist schon in Genua, ja, er ist in Italien, bei irgendwelchen Bekannten von Amerika her, und er hat geschrieben, in ein paar Tagen wird er hier sein, und schöne Grüße an alle, auch an dich, Maria, und euren Bruder!» Angelica trat zurück, um sich an der Wirkung ihrer Kunde zu erfreuen; die war aber anders, als sie erwartet hatte, denn Maria, die bewegungslos zugehört hatte, lehnte sich plötzlich an den Türpfosten und glitt langsam zu Boden, bis sie auf die Schwelle zu sitzen kam, von der alten Hoffnung wie von einem unerträglichen Schmerz getroffen, und so totenblass, dass Marco und die beiden Frauen schon dachten, sie müsse sterben; und Domenica lief und schenkte ihr ein Gläschen Grappa ein.

Maria schlug langsam die Augen über einer völlig leeren Welt auf. «Danke, es ist nichts, mir ist schon wieder gut ...» Allmählich strömte das Blut in ihre Wangen und ihr Gehirn zurück, und sie erfasste wieder, was sie vor sich sah: die alten väterlichen Mauern, die *cadola,* die neben dem Regenschirm und einem Zopf Zwiebeln unter dem *portico* hing, ihre Schwester, Angelica, den

Jungen ... Ein unendliches Glücksgefühl überkam sie, an dem sicher auch der Grappa nicht unschuldig war. Fort mit allen Zweifeln und Ängsten! Kommt Giacomo nicht zurück? Und bin ich nicht seine Maria? Die Arme schien sich im Glück dieser neuen Wartezeit tatsächlich zu verjüngen. In den darauffolgenden Tagen strahlte sie dermaßen vor Freude, dass sogar die alten Steine von Aldrione aufzuleuchten schienen, wenn sie übermütig, mit ungeschlachten Sprüngen durch die Gässchen hüpfte. Unter dem Rock, der ihr bis über die Waden reichte, schlenkerten die unförmigen Fußgelenke hervor, und dazu trällerte sie vor sich hin und rief von weitem ihre Freundinnen an, die ihr Glück ohne Wohlwollen betrachteten. Tante Domenica und der Großvater bemühten sich vergebens, sie zu etwas größerer Zurückhaltung und Klugheit zu ermahnen.

An diesem Punkt brach zwischen den beiden Schwestern ganz unvermittelt ein Streit aus, der um so grimmiger geführt wurde, als die Unterwerfung der Jüngeren bisher absolut gewesen war. Es fielen gehässige Worte: «Du machst dir Illusionen!» – «Und du, du denkst an nichts als an deine Beterei!» – «Du verlierst die Selbstbeherrschung!» – «Mit deiner Nase kann man sich leicht beherrschen!» – Marco war tief bestürzt über diesen Kampf, der mit so grausamen Schlägen ausgefochten wurde, mitten in den Wiesen, zwischen zwei Streichen mit den Rechen, die plötzlich wie kriegerische Waffen drohend erhoben und gesenkt wurden; oder auch in der Küche, bei den Mahlzeiten, wenn man sich an einem

Mundvoll Essen schier verschluckte, um rasch eine giftige Antwort zu geben. Der Großvater sah bekümmert und noch stiller als sonst zu, als wäre von ihm nichts mehr übrig als Traurigkeit, die sich in einem Winkel des Hauses verkroch. Andererseits konnte Marco sich nicht enthalten, den Verlauf des Zwists mit gespannter Aufmerksamkeit, die er hinter scheinbarer Neutralität zu tarnen suchte, zu verfolgen, und sah befriedigt, dass er sich der von ihm erwarteten Lösung näherte, die seine sündigen Pläne begünstigte.

Des Kampfes matt und jede für sich überzeugt, dass die andere keine weiteren Konzessionen machen würde, einigten sich die beiden Frauen schließlich dahin, gemeinsam in das Haus in Cavergno zurückzukehren. Hierauf verschlossen sie sich in grimmiges Schweigen, das verschiedener Art war, aber von beiden Seiten gleichermaßen durch winzige, jedoch treffsichere Unfreundlichkeiten betont wurde. Jede hatte ihren eigenen Beweggrund für diese Übersiedlung, die beiden nicht passte. Maria wünschte den neuangekommenen Amerikaner – «Ich habe auch das Recht, mir einmal im Leben eine Freude zu gönnen! Und wegen dieser Ausgabe werden wir nicht verhungern!» – zu einer schönen Bewirtung, Wein und Panettone, nach Hause einzuladen. Domenica aber begleitete sie, ebenso ungern wie unerwünscht, aus reinem Pflichtbewusstsein, weil es – wenn die Begegnung sich schon nicht verhindern ließ – unschicklich gewesen wäre, die beiden allein zu lassen, und weil man bei dieser Gelegenheit in Cavergno auch gleich das Spätheu einbringen konnte. Marco hingegen sollte ein paar Tage allein beim Großvater in Aldrione bleiben und ihm Gesellschaft leisten – unter unzähligen Ermahnungen, brav zu sein, hörst du?, und vor allem das Morgen- und Abendgebet nicht zu vergessen. Tante Domenica war schon mit der *gerla* auf dem Rücken losgezogen, als sie nach zwanzig Schritten wieder umkehrte, um ihre ganze Moralpredigt noch einmal von A bis Z zu wiederholen. Marco aber hatte sich bereits mit Giovanna ins Einvernehmen gesetzt. Angesichts der Tatsache, dass der Großvater alt und schwerhörig war und in seiner eigenen Redlichkeit anderen Menschen nicht misstraute, war es für Marco ein Leichtes, sich an diesem Abend heimlich aus dem Haus zu stehlen und durch die dunklen Gässchen zu Giovannas Tür zu schleichen.

Das heißt, in seiner Vorstellung war es ihm leicht erschienen. Doch der Unterschied zwischen der ersten Idee, die man sich von einer gewagten Unternehmung macht, und ihrer Durchführung kann beträchtlich sein und der Ausgang anders, als man dachte. Heute musste Marco heimlich lächeln, da er eine gewisse Analogie zwischen seinem bescheidenen Abenteuer und dem seiner Beinahe-Landsleute entdeckte, das gleichermaßen im ewigen Strom der Geschichte untergegangen wäre, wenn der große *Lombarde** die beiden nicht in seinem Netz eingefangen hätte.

* Alessandro Manzoni. Eine Anspielung auf das Erlebnis des Liebespaars Renzo und Lucia, das der berühmte italienische Schriftsteller im 8. Kapitel seines großen Romans «I Promessi Sposi» erzählt.

Jetzt erinnerte er sich wehmütig, mit welch übertriebener, überflüssiger Vorsicht er aus dem Bett geglitten war, um im Dunkeln in seine Hose zu schlüpfen und dann langsam, ganz, ganz langsam die Haustür zu öffnen, gerade nur so weit, dass er sich durchzwängen konnte, wobei er innerlich die knarrenden Angeln verfluchte. Und dann die Treppen hinunter, durch den dunklen Durchgang tastend, wo er Giovanna zum ersten Mal begegnet war, die bloßen Füße mit ungeheurer Behutsamkeit aufsetzend, hin und her gerissen zwischen der rasenden Begierde, seinen Plan auszuführen, und der tollen Angst, in der großen Stille des schlafenden Dörfleins den geringsten Lärm zu machen; angesichts des Lichtscheins, der aus Onkel Clementes Fenster fiel – der Alte mit seiner Zeitungsleserei fand nie rechtzeitig ins Bett –, mit katzenartigem Instinkt zurückfahren; schließlich, eng an die Mauern gedrückt, das Gässchen, in dem Leonilde wohnt, hinaufhuschen, mit angehaltenem Atem die Außentreppe zu ihrem Haus hinan. Wie alle Schlafkammern im Dorf war auch die von Giovanna von der Holzgalerie aus zu erreichen, die sich außen an jedem Haus entlangzog. Er drückte sich an Leonildes Kammer vorbei und schlich mit äußerster Behutsamkeit, bebend vor Ungeduld, zur nächsten Tür, die nur angelehnt war. Und dahinter stand – endlich! , vor Sehnsucht und Angst vergehend, Giovanna.

—

Man war beim Agnus Dei angelangt. Diesmal blieb Marco sitzen, anstatt wie die anderen, in Erwartung der Kommunion, niederzuknien. Als er ein Junge war, waren diese Sünden der Welt, die das Lamm auf sich zu nehmen hat, vor allem und fast ausschließlich sexuelle Sünden gewesen, von Don Carlo gemeinhin mit einem etwas ungelenken Ausdruck als grobe Sünden, manchmal auch als Sünden des Fleisches bezeichnet; dies jedoch selten, da für ihn auch diese Benennung noch zu direkt und beunruhigend war. Diese Moral herrschte nicht nur in der Pfarre von Cavergno. Der strenge Don Carlo hatte in seinem kleinen Reich die Lehren, die man ihm im Seminar eingetrichtert hatte, vielleicht mit größerem Eifer praktiziert als seine Mitbrüder, doch die ganze katholische Welt war voll von Theologen, Moralisten, Predigern, Kasuisten, Beichtvätern, Äbten, Pädagogen, Oberinnen, geistlichen Helfern, Zensoren und Richtern, Komponisten und Textdichtern weihrauchduftender Liedchen, von adligen Schriftstellerinnen, die Leitfäden für christliche Jungfrauen und Gattinnen verfassten, um ihnen Angst vor ihrem eigenen Körper einzujagen, von Betschwestern, die an Türen und Schlüssellöchern lauschten, von intriganten alten Jungfern, die anonyme Telefonanrufe tätigten, von Kurtisanen, die sich zu Wohltätigkeitsdamen gemausert hatten, von Mesnern und Sakristanen, die an den heiligen Pforten wachten, auf dass sie nicht frevelhafterweise von unzüchtig bekleideten Personen betreten würden: eine ganze Armee von bleichen, ungesunden, mangelhaft gewaschenen und schlechtgekleideten Leuten mit übel riechendem Atem und tief eingewurzelter Beschränktheit, erfüllt von Lebenshass und Groll, den sie bis an ihr seliges Ende mitschleppten, die geizigen Hände um den Geldbeutel der Angst geklammert, gestützt auf ein unbeschreibliches Arsenal von Schriften, Büchern, pfarramtlichen Bekanntmachungen, Missionarszeitschriften, Statuetten mit Glockenspiel, Öldrucken und Heiligenbildchen, Lehrfabeln und Taschenbüchlein, die in Bild und Wort die Tugend der Keuschheit am Beispiel von Heiligen priesen, die sie mit Heldenmut geübt hatten, und das bis zur Besessenheit und zum Wahnsinn, wie Bußgürtel, Verweigerung der Nahrung, Geißelung ... Und als ob das noch nicht genügte, war in Lourdes die wundertätige Jungfrau *sine labe originali concepta* erschienen (weil jedes Jahrhundert zur Bekräftigung der am meisten bemühten theologischen Beschlüsse seine eigenen Wunder braucht), um darzutun, dass der Idealzustand des vollkommenen Christen mit der Jungfräulichkeit identisch ist. Wie schön wäre die Welt, wenn der liebe Gott die Menschen mit anderen Fortpflanzungsorganen ausgestattet hätte, wie zum Beispiel die Pflanzen mit Selbstbestäubung!

Freilich, die katholische Moral, die Tante Domenica und Don Carlo ihm beigebracht hatten, erschöpfte sich nicht im sechsten und im neunten Gebot. Man musste außerdem die Messe heilighalten, den Eltern oder ihren Stellvertretern gehorchen, Lügen vermeiden, soweit sie nicht ausdrücklich durch Mentalreservation gerechtfertigt wurden, und schließlich nichts stehlen, was schon andere in weiser Voraussicht und mit Dauergenehmigung der zuständigen Stellen gestohlen hatten. In Cavergno wusste man übrigens, dass die Übel dieser Welt nicht einzig in der ständigen Ausbreitung hedonistischer Theorien bestehen: es gibt auch Krieg, Hunger, Unwissenheit und das schmerzliche Auswandernmüssen der Armen. Doch waren alle diese Übel, so fragten die Prediger von der Kanzel herab, nicht nur die Folgen der um sich greifenden Sündhaftigkeit und Unmoral, als da sind Fluchen, die Entweihung des Sonntags, die Mode, welche Miniröcke und tiefe Décolletés erfindet, der Karneval, die Illustrierten und Filme mit ihren pornografischen Bildern, die materialistischen Theorien, welche die Berechtigung der freien Liebe anerkennen?

Gottes Lamm, betete Marco voller Zorn, nimm von uns, wenn du das kannst: die dummen und die überschlauen Priester, die Obristen, die stets bereit sind, die Ordnung mittels Gewalt wiederherzustellen, die offiziellen und die heimlichen Anführer, die den Befehl zu Folterungen und Erschießungen geben, die Kardinäle, die vor Scham tiefer erröten müssten als ihr Purpur. Nimm von uns die Staatsoberhäupter, die die heutige Nacht mit einer Luxusdirne verbringen und die morgige mit Beratungen über die Gründung einer Aktiengesellschaft und dazwischen noch Zeit finden, Reden zu halten, in denen dein Name missbraucht wird, um dem bestehenden Unrecht die Waage zu halten ...

Wer weiß, wie Tante Domenica noch gelitten hätte, wenn sie dort im Dunkel ihres Fichtensarges seine Gedanken hätte erraten können. Er malte sich belustigt aus, dass sie sich plötzlich aufrichtete und «ma quaieu!» ausriefe – die Augen rollend wie zwei Fragezeichen und in der Mitte das Ausrufungszeichen der Nase. Ihre ganze Wissenschaft, die sie sich unter der Petroleumlampe von Aldrione in der – legitimen – Hoffnung einverleibt hatte, auf der Leiter der Menschenwürde eine Sprosse höher zu steigen, bestand in der mühsam auswendig gelernten Glaubenslehre, deren Sätze sie sich im Rhythmus der Sensenhiebe auf den Heuwiesen oder beim Aufstieg über die nicht enden wollenden steilen Pfade immer wieder vorsagte und einprägte, bis die Anstrengung, die es brauchte, die Widerspenstigkeit ihres armen Gehirns zu bezwingen, sie sogar ihre drückende Bürde vergessen ließ: theologische Tugenden gibt es drei, Kardinaltugenden vier, kirchliche Gebote fünf, sieben Todsünden und sieben Sakramente, acht Seligpreisungen, neun Engelschöre, zehn Gebote, sieben und sieben, vierzehn Werke der Barmherzigkeit ...

Es war eine ins Volkstümliche übersetzte, in Fragen und Antworten einbalsamierte Theologie, wobei die Fragen sorgsam so formuliert waren, dass die Antworten immer erschöpfend schienen. Auch die geläufigsten Einwendungen wurden berücksichtigt und gleichfalls mit dem katechetischen Kunstgriff von Frage und Antwort erledigt. Es genügte, die einen wie die anderen auswendig zu lernen, dann gab es nichts zu diskutieren. Sogar die Mühen und Qualen eines ganzen Menschenlebens, das sich voller Gewissensängste in logische Konstruktionen und subversive Gedanken vertieft und vielleicht Verbannung, Gefängnis, die Folter, den Scheiterhaufen auf sich genommen hatte, wurden mittels Frage und Antwort restlos gelöst und der Arme, der mit seinem eigenen Kopf zu denken gewagt hatte, schließlich als Ketzer klassifiziert. Für wirklich schwere oder unlösbare Fälle gab es dann den großen Deckel des Mysteriums, unter dem sich leicht alles unterbringen ließ: es war dem Menschen eben nicht gegeben, Gottes Wege zu begreifen, und damit Schluss. Und die unwiderleglich freie Willkür, ohne die das ganze Gebäude der katholischen Moral jämmerlich eingestürzt wäre, teilte die Menschen in gute und böse. Es wurden Gegensätze statuiert: Engel und Teufel, Priester und Ungläubige, Fromme und Sünder, *Luigini** und schlechte Gesellschaft, Kerkermeister und Gefangene, Arbeitgeber mit Krawatte und Arbeiter in Hemdärmeln, Franco und die Pasionaria, Amerika und Russland, Russland und China. Über dieser mittelalterlichen Zwingburg verblasste das Licht des Evangeliums wie ein ferner Sonnenuntergang.

Durchtränkt von dieser Weisheit, die in der offiziellen Ernennung zur Religionslehrerin ihre Anerkennung

*Jünglinge, die nach dem Vorbild von San Luigi Gonzaga, des Beschützers der Reinheit, in weiße Kutten gekleidet, am Gottesdienst teilnahmen.

gefunden hatte, durfte Tante Domenica von ihrer höheren Klugheit überzeugt sein, und somit hielt sie es für ihr Recht und ihre Pflicht, die anderen Menschen, die Gedankenlosen, die gut und böse nicht zu unterscheiden wissen oder die zu schwach sind, den Versuchungen des Teufels zu widerstehen, zu führen und zu leiten. Darum überwachte sie auch das Zusammentreffen von Giacomo und Maria bei Panettone und Wein mit der Miene eines Schulpräfekten, wie Marco sie im Internat gekannt und gehasst hatte: allgegenwärtig, in der Klasse, in den Gängen, im Schlafsaal, im entlegensten Winkel des Schulhofs während der Pause, sogar auf dem Abtritt.

Nämlich gerade zu der Zeit, die Marco auf der raschelnden Buchenlaubmatratze Giovannas verbrachte, hatte Giacomo Marias Einladung Folge geleistet, festlich gekleidet, mit einer goldenen Nadel in der hocheleganten Krawatte und einem breiten amerikanischen Lächeln, das sein Gesicht horizontal durchschnitt und einen interessanten Gegensatz zu der heimatlichen Vertikalteilung von Tante Domenicas Antlitz und Marias ängstlicher, nervöser Blässe bildete. Dieses Lächeln hatte den ganzen Abend lang nicht zu strahlen aufgehört, während er vom Panettone aß und vom Wein trank, über deren Kosten man so heftig gestritten hatte. Der Besuch war unter beiläufigem Geschwätz vergangen, ganz, ganz anders, als Maria es sich vorgestellt hatte. «Nimm doch noch ein Stückchen! Trink noch einen Tropfen!» hatte die Arme in zärtlichem Ton und unterwürfiger Haltung gebeten, und vielleicht warf sie auch, zum Verdruss der älteren Schwester, hin und wieder mit welkem Lächeln ein schüchternes «Weißt du noch?» ein, das aber ins Leere fiel. Der Mann fuhr unbeirrt in seinem jovialen Geplauder fort oder er nahm die Erinnerung im Flug auf, um sie mit einem mächtigen amerikanischen Gelächter beiseite zu schieben. «Freilich, freilich! Hahaha! Wie jung und dumm man doch war! Das waren Zeiten! Aber zum Glück ist es jetzt anders. Well, well ...»

Und schon brachte er das Gespräch wieder auf dieses verfluchte Amerika zurück. Das war so groß, dass man es mit nichts vergleichen konnte. Locarno? Aber sämtliche Einwohner von Locarno hätten in einem einzigen New Yorker Wolkenkratzer Platz! Ihr müsst euch das vorstellen, zehn von unseren Campanili würden aufeinandergetürmt noch nicht einmal bis zum Dach reichen! Hundertundzwei Stockwerke, vierhundertachtundvierzig Meter Höhe! Eines über dem anderen, und in so einem Haus gibt es alles: Kino, Geschäfte, Restaurants, Supermarket, das ist wie ein ganzer Marktplatz, man fährt im Lift hinauf. Yea, yea, so ist es. Und das *business* drüben! Hier riskiert ja keiner etwas, nicht einmal eine Wette. Drüben macht einer zwei-, dreimal Bankrott, beim vierten Mal wird er reich. Ja, so ein *business* beginnt man ohne einen Soldo, nur der Mensch zählt und was er kann. Dem Partner, der das Geld beisteuert, zeigt man, wie man zu arbeiten versteht, so dass jeder einen bewundert. So macht man Geld, verstehst du. Dann heißt es: Der ist fünfzig-, siebzigtausend Dollar wert. Was meint ihr, wie lang mein Cadillac ist? Well, von hier bis hinaus in den Korridor. Yea, sogar noch länger. Die Cars hier, du lieber Gott, die paar, die man sieht, sind ja wie Spielzeugautos, die man mit dem Schlüssel aufzieht. Ja, Amerika! Hier kommt einem alles so klein vor, und dazu diese hohen Berge – so, wie soll ich sagen –, so kläglich. Kleine Cars, kleine Häuser, enge Straßen – nur die Berge sind groß. Mir ist, als hätte ich wieder meine alten Hosen an, wisst ihr, die Ziehharmonikahosen ... Ihr erinnert euch doch, damals die Hosen, das Zeug war so hart, dass man kaum einen Schritt machen konnte ... Ja, ich bleibe sicher eine Weile hier, yea, wir sehen uns noch. Wirklich gut ist der Panettone, aber jetzt (Blick auf die Uhr, Seufzer) muss ich wohl gehen. Well, wir sehen uns noch, gute Nacht und danke für alles, wir sehen uns noch, jetzt bin ich ja für eine Weile da ...»

So ungefähr mussten sich die Dinge abgespielt haben. Dann noch eine letzte Grüßerei, und die Tür schließt sich, die Küche ist plötzlich so still. Maria bleibt auf ihrem Stuhl sitzen. Sie hat nicht einmal mehr die Kraft, aufzustehen und ein bisschen Ordnung zu machen, wie jede Hausfrau es mechanisch tut, wenn der Gast gegangen ist. Tante Domenica steht da und sieht sie an. «Na, also! Hab ich dir nicht gesagt, dass du dir keine Illusionen machen sollst?» Heute wusste Marco, dass Giacomo sich nach diesem Besuch einem Freund anvertraut hatte: «Zwanzig Jahre sitzt du auf einer Ranch und träumst von dem Mädchen, das du im Dorf daheim gelassen hast, und wenn du zurückkommst, findest du ein Nudelbrett und ein Gebiss.»

Die arme Tante Maria, für drei Tage ihres Lebens aufgezogen wie ein mechanisches Spielzeug, sollte drei Monate später im Spital verlöschen. Marco, der zum Begräbnis aus dem Internat kam, erinnerte sich, dass man von einer Rippenfellentzündung gesprochen hatte; die hätte sich die arme Tante ein paar Tage nach jenem Besuch geholt, als sie weit oben im Wald von einem Wolkenbruch überrascht wurde. Was hatte sie weit oben im Wald zu suchen? Wollte sie allein sein, um den Zusammenbruch all ihrer Hoffnungen zu beweinen, dort wo die freundlichen Haselsträucher sie vor den strengen Augen der Schwester verbargen? Marco war von seinem Vater ins Spital gebracht worden, um die Arme, die schon im Sterben lag, noch einmal zu sehen. Ein paar Tage später war sie tot. Er erinnerte sich an einen langen Gang, in dem es nach Kohl und nach Desinfektionsmitteln roch. Ganz am Ende eine Tür, dahinter ein kahles Zimmer. Maria lag wie ein armer verlorener Gegenstand unter weißen Leintüchern. Sie hatte bloß die Augen aufgeschlagen und eine matte Handbewegung angedeutet; es konnte ein Gruß sein oder die Bitte, sie in Ruhe zu lassen. «Wie geht's dir?» Bei der Stimme des Bruders hatte sie noch einmal die Augen geöffnet und die Lippen bewegt. Dann war eine Krankenschwester gekommen und hatte mit dem Zeigefinger auf dem Mund zum Schweigen gemahnt. Darauf kehrten sie, die Tür vorsichtig hinter sich schließend, in den stinkenden Korridor zurück.

Mehr als über den missglückten Besuch, dessen Ausgang sie ja prophetisch vorausgesagt hatte, musste sich Tante Domenica am nächsten Tag über eine andere Nachricht aufregen: ihr Liebling Marco, ihr eigener Patensohn, ein so guter Schüler, ein so frommer Junge, war geradewegs in Leonilde hineingerannt, als er – Heilige Jungfrau, erbarme dich unser! – aus Giovannas Zimmer, Herrgott!, aus ihrem Bett kam! Leonilde war nämlich die ganze kalte Nacht lang verstockt auf der obersten Treppenstufe gehockt, weil sie irgend etwas gehört hatte, was nicht nach Gebetmurmeln klang. Vielleicht hatte sie auch durch eine Ritze den Lichtschein der Kerze gesehen, die die beiden Sünder angezündet hatten, um einander in der warmen, von leichten Schatten durchwebten Helligkeit nackt zu betrachten, Körper an Körper gepresst, in völliger Hingabe, und die Augen – ach, wie tief man in die Augen blicken konnte, bis ganz hinunter, bis zum Ursprung der Angst und des Leidens, allen weit aufgerissenen Höllenschlünden zum Trotz!

Und Marco – Marco, der die Welt so kühn herausgefordert hatte, war schmählich geflohen, fort von Leonilde, fort von Aldrione. Noch bevor der Morgen graute, ohne auch nur dem Großvater ein Wort zu sagen, war er geradewegs nach Cavergno hinunter, zu seiner Mutter gerannt und hatte sie angefleht, ihn sofort ins Internat zurückzuschicken, augenblicklich, um Gottes und aller Heiligen willen, mit der sengenden Erinnerung an die Sünde, die er zu beichten hatte. Ja, lieber noch die Benediktiner-Patres als den schrecklichen Don Carlo! Giovanna sah er erst nach einigen Jahren wieder.

—

Die Messe war zu Ende. Der Priester verschwand mit seiner Herde in der Sakristei, um sich wiederum umzukleiden. Die Leute nützten die Pause, um aufzustehen, die Glieder zu strecken und sich der Bahre zuzuwenden. Diejenigen, die ihr am nächsten waren, zündeten an den Kandelabern die Kerze an, die jeder aus der Bruderschaft tragen musste, wenn der Leichenzug sich zum Friedhof begab. Die Flamme sprang von einer Kerze zur anderen, vervielfachte sich von Bank zu Bank und beleuchtete im heiligen Halbdunkel gelangweilte und geduldige Gesichter. Marco fragte sich, ob dieser Ritus das Leben versinnbildlichen sollte, das, von den Toten auf die Zurückgebliebenen übergehend, ewig fortdauert, oder ob die Gewohnheit aus der Zeit stammte, in der man Feuerstahl und Zunder aus der Tasche ziehen und sachkundig manövrieren musste, bis das kleinste Flämmchen zustande kam. Auch die Frauen erhoben sich, um sich die Beine zu vertreten. Ihre geringere Stellung in der Kirche gab ihnen mehr Freiheit, sie brauchten keine Kerze zu tragen und waren nicht verpflichtet, dabeizusein. Manche verließen die Bank, um nach einer flüchtigen Kniebeugung vor dem Altar fast unbemerkt zu verschwinden – das Mittagessen wollte gekocht sein. Darauf trat in der Kirche wieder erwartungsvolle Stille ein. Die Gesichter blieben mehr oder weniger alle Tante Domenica zugewandt, die jetzt zum ersten Mal, seit sie auf der Welt war, in ihrer eigenen Kirche den Mittelpunkt der allgemeinen Aufmerksamkeit bildete: allerdings von ihrer Fichtenhülle verborgen, ohne etwas von dieser letzten Huldigung zu spüren. Sie war in der Stille angelangt, die sich mit dem dumpfen Klang der auf den Sarg polternden Erde endgültig über sie senken würde, immer mehr Erde, die langsam die Grube füllte, einen Meter siebzig tief, und darüber noch den Hügel wölbte, in den schließlich das Holzkreuz mit der Inschrift «D.S. 1892–1962. R.I.P.» gepflanzt wurde, das jetzt an der Bahre lehnte. Das war alles, was von der Plage und Mühe eines ganzen Menschenlebens zurückblieb, und auch das nur ein paarmal fünf Jahre lang, solange das Lärchenkreuz Regen und Sturm widerstand, bis der glänzende rote Anstrich nach und nach das graue geäderte Holz freigab, das schließlich ebenfalls zerfiel – wie alles, was je gelebt hat.

Marco wandte die Augen von dem traurigen Fazit ab, das der Totengräber-Tischler ins Holz eingeschnitzt hatte, um wieder nach Giovanna auszuschauen, dem unbewussten Ruf des Lebens folgend, das schmerzlich und ständig gefährdet ist, vom Menschen bis zur Fliege, die man gedankenlos totschlägt, bis zur Blume, die in der vergessenen Vase verwelkt, bis zu den Felsblöcken, die, von den Jahrtausenden zu Sand zerrieben, vom Fluss hinabgeschwemmt werden, um im Frieden seiner Mündung neues Röhricht hervorzubringen.

Doch nun erschien der Priester wieder, und wie er vom Altar zum Katafalk hinunterschritt, schien er von neuer Würde und neuem Gottvertrauen überzuströmen. *Non intres in judicium cum servo tuo,* deklamierte er mit verhaltenem Schwung und verhielt zugleich kaum seinen Ärger über die Bande der undisziplinierten Buben, die nicht einmal das schwarze Gewand und das weiße Chorhemd auf die allerniedrigste Stufe der priesterlichen Würde zu erheben vermochten.

Der Prior der Bruderschaft stimmte das *Libera me Domine* an. Vaterunser, Besprengen mit Weihwasser, Kniebeuge, Schwenken des Weihrauchkessels, Verbeugung, Schwenken des Weihrauchkessels. Der Priester wäre sicher beleidigt gewesen, hätte jemand anzudeuten gewagt, dass er einen rituellen Tanz aufführte, bei dem das Fehlen mimischer Kunst durch die feierliche Ausstattung und die Überzeugung der Zuschauer, dies sei der Kode, der zur Verbindung mit dem Jenseits notwendig wäre, ersetzt wurde. Beim *Benedictus* begannen alle ihre Schritte zum Ort des Friedens zu lenken, wo in *tenebris et in umbra mortis sedent,* wo in Finsternis und Todesschatten ruhen, denen die Sonne nicht mehr leuchten kann. Die Träger vollzogen eine Kehrtwendung, so dass Tante Domenica oder zumindest alle, die dem Sarg folgten, sich noch einbilden durften, dies sei ein letzter freiwilliger Schritt, hin zur ersehnten Auferstehung vom Tode. Welch herrlicher, furchtbarer Tag, dachte indessen Marco, wenn wir alle, die Verkrüppelten und die Aussätzigen, die von der Gicht Verkrümmten und die Verstümmelten, die Blinden und die Lahmen, die Diebe, die Obristen und die Missgeburten, die Wucherer, die Asketen und die Zuhälter, die Sklavenhändler, die Sklaven und die Eunuchen, die Nonnen aus ihren abgeschlossenen Klöstern, die Huren aus den Freudenhäusern, die Präfekten, die im Internat die Betten der Schüler beschnüffeln, die Priester *con sott i fer de muj,* mit eisenbeschlagenen Schuhen, die auf dem Rad Gefolterten, die Gehenkten, die von Franco Füsilierten, die gesteinigten Ehebrecherinnen, die verbrannten Hexen mitsamt dem Mädchen aus Arc, das den Engelsstimmen lauscht, Himmler und seine Leute, die von Kannibalen Verdauten, die Heiligen Drei Könige mit dem Seeräuber Silver, Kleopatra mit dem armen, alten Antonio Selva, der an Rheumatismus gelitten hat, die Verrückten und Erasmus von Rotterdam, Catull und der heilige Franziskus von Assisi, Leonilde, die dir vorausgegangen ist, der Prophet Elias, der Scholastiker Ockham, Hieronymus mit Sokrates und Marilyn Monroe, Abraham mit Freud und ich mit der Königin Nofretete, dazu die zwölftausend Erwählten aus jedem der zwölf Stämme Israels, macht zusammen hundertvierundvierzigtausend, die Mumien der Inkas und der Ägypter, die in den Wassern der Sintflut Ertrunkenen, die Steinebrecher aus dem Neandertal, die Pithekanthropen, die australischen Urmenschen, die Marsbewohner und die weniger behaarten künftigen Generationen, die Hauptdarsteller, die Herdenmenschen und die sieben Bundesräte inmitten des verstreuten Volks, das keinen Namen hat, die ganze gewaltige Schar, die niemand zu zählen vermag – wenn wir alle, sage ich, *tuba mirum spargens sonum,* beim gewaltigen Klang der Posaune, in strahlender Glorie aus unseren Gräbern auferstehen, nackt oder bekleidet (wenn es nach dir geht, Tante Domenica, wohl lieber bekleidet), und uns auch schon im Tal Josafat befinden (das vielleicht für diesen Zweck ein bisschen eng ist, aber du hast mir ja selbst erklärt, der Allmacht Gottes wäre nichts unmöglich), die Völker aller Zeiten und aller Länder, zur großen, unwiderruflichen Scheidung: die Guten hierher, die Elenden dort hinüber! Dann werden Unrecht und Ungerechtigkeit wiedergutgemacht, die Lügen aufgedeckt, die Kranken geheilt, die Betrübten getröstet, die Widersprüche geklärt, die Inquisitoren endgültig schuldig gesprochen, die Opfer rehabilitiert – und dein armes Leben, das du in unförmigen Stoffschuhen bis zu dieser Grube durchwandert hast, endlich nach seinem wahren Wert eingeschätzt. Wie herrlich wird es sein, Tante Domenica, wenn du dann mit pochendem Herzen deine Schönheit im Spiegel bewunderst! Deine Nase kosmetisch korrigiert, deine Hühneraugen operiert, um dir die Füßchen einer Geisha zu verleihen, deine Augen Sterne im jungfräulichen Chor von Doré – so darfst du fortab in alle Ewigkeit deine süßlichen Melodien klimpern!

Nun schritt der Leichenzug in der strahlenden Frühlingssonne den Weg entlang, der von der Kirche zum Friedhof führte. Singend zog er durch das alte Gittertor mit seinen zwei Säulen und über den unseren Toten geweihten Grund, dessen Kies unter den schweren Schuhen knirschte, während über den Häuptern, hoch oben im Wind, die nutzlosen Glockenschläge zu Ehren des Todes erklangen. Wiederum lateinische Gebete und noch einmal das *Libera me Domine.* Dann konnte Marco sich endlich zwischen den Verwandten durchschieben und mit der Hand einen Klumpen Erde in die Grube werfen, wo der Sarg im Dunkel verschwand, während die Totengräber schon mit ihren Schaufeln bereitstanden. Wie viele Lasten Heu, Tante Domenica, wie viele Körbe Kastanien, wie viele Meditationen, Gebete, Beichten, wieviel Leid und Kummer für dich und die anderen, weil es auf dieser Welt nicht nach Gottes Willen geht! Jetzt verheißt diese Erde deinem armen Leib die Vollendung seines organischen Kreislaufs zu anderen, leichteren Daseinsformen, Erde, Laub, Wind ... Ach, alles Erdenleid löst sich in der Glückseligkeit des Windes auf, zusammen mit deiner ängstlichen Sorge, du könntest der Trägheit und der menschlichen Schwäche allzusehr nachgegeben haben. (Mea culpa, Tante, ja, auch meine Schuld und die Schuld deiner Heiligen, die nicht immer großmütig waren ...)

Er trat zurück, um den anderen Platz zu machen. Dann stand er da und betrachtete die Hände, die sich ausstreckten, um die fromme Handlung zu wiederholen: die rundliche Hand Margheritas, die knotigen Finger seines Vaters und der alten Freundinnen der Tante, Giovannas Hand, die Kinderhändchen – wie sie alle einen Klumpen der Totenerde, die für eine Stunde ans Sonnenlicht zurückgekehrt war, aufhoben und wieder in die Grube warfen. Der Reihe nach zogen sie vorbei und lenkten dann ihre Schritte zum Tor, bis schließlich nur vier Buben zurückblieben, die zusahen, wie die Totengräber mit kräftigen Armen Tante Domenicas Grab zuschaufelten.

*Die Übersetzerin*

Trude Fein (1905–1982), geboren in Franzensbad, emigrierte mit ihrem Ehemann Franz Fein, der ebenfalls Übersetzer war, in die Schweiz und wohnte zuletzt in Kilchberg bei Zürich. Sie hat für verschiedene Verlage und für das Radio literarische Werke aus dem Englischen, Französischen und Italienischen übertragen; in der Manesse Bibliothek der Weltliteratur sind in Trude Feins ungemein präzis und stilsicher geprägtem Deutsch Romane und Erzählungen u. a. von Charles Dickens, Walter de la Mare, Jane Austen, Honoré de Balzac, Alphonse Daudet, Emile Zola, Elio Vittorini und Arthur Conan Doyle erschienen. Für diese in ihrem Umfang und ihrer Qualität hochbeachtliche Leistung erhielt sie 1976 vom Regierungsrat des Kantons Zürich eine Ehrengabe.

Plinio Martini
*Nicht Anfang und nicht Ende*
Roman

«Plinio Martini hat mit seinem Werk etwas vom Schönsten geschaffen, was die Literatur der italienischen Schweiz hervorgebracht hat.»
*Roman Bucheli,* NZZ

«Einer der erstaunlichsten Romane, die in der Schweiz je geschrieben wurden.»
*Neue Zürcher Zeitung*

«Martinis ‹Nicht Anfang und nicht Ende› ist ein Literatur gewordenes Stück Sozialgeschichte.»
*WochenZeitung WoZ*

«Pflichtlektüre für Tessin-Liebhaber.» *Blick*

Dieses Buch wurde mit finanzieller Unterstützung durch
den Förderverein des Limmat Verlags realisiert.

Der Verlag dankt der Oertli Stiftung.

Das *wandelbare Verlagslogo* auf Seite 1 zeigt Stühle und Sessel
aller Art, Linoldruck von Laura Jurt, Zürich, laurajurt.ch

Der Limmat Verlag wird vom Bundesamt für Kultur mit einem
Strukturbeitrag für die Jahre 2021–2024 unterstützt.

Umschlagzeichnung, Gestaltung und Satz: Trix Krebs
Druck und Bindung: Friedrich Pustet, Regensburg

Titel der Originalausgabe: *Requiem per zia Domenica*
Il formichiere, Milano 1976

«Requiem für Tante Domenica» erschien erstmals 1975
im Werner Classen Verlag und ab 2002 im Limmat Verlag.
Mit der freundlichen Erlaubnis von Alessandro Martini.

2. Auflage 2023

ISBN 978-3-85791-386-0

www.limmatverlag.ch